L'Échappée belle

Anna Gavalda

L'Échappée belle

ÉDITIONS FRANCE LOISIRS

Éditions France Loisirs,
123, boulevard de Grenelle, Paris.
www.franceloisirs.com

ISBN : 2-7441-5112-2

*À mes frères Edmond et Virgile,
à ma sœur Marianne.*

Je n'étais pas encore assise, une fesse sur le fauteuil et la main sur la portière que ma belle-sœur m'agressait déjà :

— Mais enfin, tu n'as pas entendu les coups de klaxon ? Ça fait dix minutes qu'on est là !

— Bonjour, je lui réponds.

Mon frère s'était retourné. Petit clin d'œil.

— Ça va, la belle ?

— Ça va.

— Tu veux que je mette tes affaires dans le coffre ?

— Non, je te remercie. J'ai juste ce petit sac et puis ma robe. Je vais la poser sur la plage arrière.

— C'est ça ta robe ? demande-t-elle en avisant le chiffon roulé en boule sur mes genoux.

— Oui.

— Qu'est-ce que c'est ?

— Un sari.

— Ah, fit-elle, en haussant les épaules, je vois...

— Non, tu ne vois pas, lui fis-je remarquer gentiment, tu verras quand je le mettrai.

Petite grimace.

— On peut y aller ? lance mon frère dans le rétroviseur.

— Oui. Enfin, non... tu pourras t'arrêter chez l'Arabe au bout de la rue, j'ai un truc à prendre...

Ma belle-sœur soupire.

— Mais qu'est-ce qui te manque encore ?

— De la crème pour mes poils.

— Tu achètes ça chez l'Arabe, toi ? !

— J'achète tout chez mon Rachid, moi. Tout, tout, tout.

Elle ne me croit pas.

— C'est bon, là, t'as tout ?

— Oui.

— Tu ne t'attaches pas ? constate ma belle-sœur.

— Non.

— Pourquoi tu ne t'attaches pas ?

— Claustrophobie, je lui réponds.

Avant qu'elle n'entame son couplet sur la

prévention routière, l'effet de serre et les petits bébés chinois, j'ajoute :

— Et puis je vais dormir un peu. Je suis cassée.

Mon frère sourit.

— Tu viens de te lever ?

— Je ne me suis pas couchée, précisé-je en bâillant.

Ce qui est faux bien sûr. J'ai dormi quelques heures. Mais c'est pour énerver ma belle-sœur. Ça n'a pas loupé d'ailleurs. C'est ce que j'aime bien avec elle, ça ne loupe jamais.

— Où tu étais encore ?

— Chez moi.

— Tu faisais la fête ?

— Non, je jouais aux cartes.

— Aux cartes ? s'étrangle-t-elle.

— Oui. Au poker.

Elle secoue la tête. Pas trop. Il y a du brushing dans l'air.

— Combien tu as perdu ? lâche mon frère.

— Rien. Cette fois-ci, j'ai gagné.

Silence.

— On peut savoir combien ? demande-t-elle en ajustant ses Persol.

— Douze mille.

— Douze mille ! Douze mille quoi ?

— Ben douze mille francs, fis-je naïvement, on ne joue pas encore en euros quand même...

Je ricanais en me roulant en boule. Je venais de lui donner du grain à moudre pour le restant du trajet à ma petite Nathalie...

J'entendais les rouages de son cerveau se mettre en branle :

« Douze mille francs... tiquetiquetiquetic... Combien il fallait qu'elle en vende, elle, des shampoings secs et des boîtes d'aspirine pour gagner douze mille francs ?... tiquetiquetiquetic... plus les charges, plus la taxe professionnelle, plus les impôts, plus son bail et moins la TVA... Combien de fois elle devait l'enfiler sa blouse blanche pour gagner douze mille francs *net,* elle ? Et la CSG... Je pose huit et je retiens deux... Et les congés payés... font dix que je multiplie par trois... tiquetiquetic... »

Oui je ricanais. Bercée par le ronron de leur berline, le nez enfoui dans le creux de mon bras et les jambes repliées sous le menton, j'étais assez fière de moi. Parce que ma belle-sœur, c'est tout un poème...

Ma belle-sœur Nathalie a fait pharmacie mais préfère qu'on dise *médecine,* donc elle est pharmacienne mais préfère qu'on dise *pharmacien,* donc elle a une pharmacie mais préfère qu'on dise une *officine.*

Elle aime bien se plaindre de sa comptabilité au moment du dessert et porte une blouse de chirurgien boutonnée jusqu'en haut avec une étiquette thermocollante où son nom est écrit entre deux caducées bleus. Aujourd'hui, elle vend surtout des crèmes raffermissantes pour les fesses et des gélules au carotène parce que ça rapporte plus mais elle préfère dire qu'elle a *optimisé* son secteur parapharmaceutique.

Ma belle-sœur Nathalie est assez prévisible.

Avec ma sœur Lola, quand on a su cette aubaine-là, qu'on avait dans la famille une fournisseuse d'antirides, dépositaire Clinic et revendeuse Guerlain, on lui a sauté au cou comme des petits chiots. Oh! quelle belle fête on lui a réservée, ce jour-là. On lui a promis qu'on viendrait toujours faire nos emplettes chez elle dorénavant et on était même prêtes à lui donner du docteur ou du professeur Lariot-Molinoux pour qu'elle nous ait à la bonne.

On était prêtes à prendre le RER pour aller la voir !

Et c'est quelque chose pour Lola et moi de prendre le RER jusqu'à Poissy.

Nous, au-delà des Maréchaux, on souffre déjà...

Mais on n'a pas eu besoin d'aller jusque là-bas parce qu'elle nous a prises par le bras à la fin de ce premier déjeuner dominical et nous a confié en baissant les yeux :

« Vous savez... euh... je ne pourrai pas vous faire de réductions parce que... euh... si je commence avec vous après euh... enfin vous comprenez... je... après on ne sait plus où ça s'arrête, hein ?... Même pas un petit quelque chose ? avait répondu Lola en riant, même pas des échantillons ? Ah, si, elle avait répondu en soupirant d'aise, si, les échantillons, si. Pas de problème... »

Et quand elle est repartie en tenant fort la main de notre frère pour ne pas qu'il s'envole, Lola a dit : « Eh bien, ses échantillons, elle pourra se les mettre où je pense. »

J'étais bien d'accord avec elle et nous avons débarrassé en parlant d'autre chose.

Maintenant, on aime bien la faire tourner en bourrique avec ça. À chaque fois qu'on la voit, je lui parle de ma copine Sandrine qui est hôtesse de l'air et des réductions qu'elle peut nous obtenir grâce au duty-free.

Exemple :
— Hé, Nathalie, dis un prix pour l'exfoliant double générateur d'azote à la vitamine B12 de chez Estée Lauder ?

Alors là, la Nathalie, elle réfléchit beaucoup, se concentre, ferme les yeux, pense à son listing, déduit les taxes et finit par lâcher :
— Trois cents ?

Je me tourne vers Lola :
— Tu te souviens combien tu l'as payé ?
— Hum... pardon ? De quoi vous parlez ?
— Ton exfoliant double générateur d'azote à la vitamine B12 de chez Estée Lauder que Sandrine t'a ramené l'autre jour ?
— Eh bien quoi ?
— Combien tu l'as payé ?
— Euh... je ne sais plus, moi... deux cent quarante, je crois...

Nathalie répète en s'étranglant :

— Deux cent quarante francs ! L'exfoliant double générateur d'azote à la vitamine B12 de chez Lauder ! Tu es sûre de ça ?

— Je crois...

— Non, mais à ce prix-là, c'est de la contrefaçon ! Vous vous êtes fait avoir les filles, ils vous ont mis de la crème Nivéa dans un flacon bleu et le tour est joué ! Je suis désolée de vous dire ça, renchérit-elle triomphante, mais c'est de la camelote votre truc ! De la pure camelote !

Lola prend un air accablé :

— Tu es sûre ?

— Absôôôlument sûre. Je connais les coûts de fabrication quand même !

C'est le moment où je me tourne vers ma sœur et lui demande :

— Tu l'as pas là ?

— De quoi ?

— Ben... ta pommade...

— Non, je ne crois pas... Ah si ! peut-être... Attendez, je vais voir dans mon sac...

Elle revient avec son flacon et le tend à l'experte.

La voilà qui chausse ses demi-lunes et inspecte l'objet du délit sous toutes les coutures.

Nous la regardons en silence, suspendues à ses lèvres et vaguement angoissées.

— Alors ? demande Lola.

— Si, si, c'est bien du Lauder, je reconnais l'odeur... Et puis la texture... Le Lauder, il est très spécial comme texture... C'est incroyable. Combien tu dis que tu as payé ça ? Deux cent quarante francs ? C'est incroyable, soupire Nathalie en rangeant ses lunettes dans leur étui, l'étui dans la pochette Biotherm et la pochette Biotherm dans le sac Lancel. C'est incroyable... À ce niveau-là, c'est du prix coûtant. Comment tu veux qu'on s'en sorte s'ils cassent le marché comme ça ? C'est de la concurrence déloyale, ni plus ni moins. C'est... Il n'y a plus de marge alors, ils... C'est vraiment n'importe quoi. Ça me déprime, tiens...

Et, plongée dans un abîme de réflexions, elle se console en tournant longtemps son Canderel au fond de sa tasse.

Là, le plus difficile, c'est de garder notre sang-froid jusqu'à la cuisine, mais quand enfin on y est, on se met à glousser comme des bécasses. Si maman passe par là, elle dit : « Ce que vous êtes mesquines toutes les deux... » Lola répond offusquée : « Euh, pardon, ça m'a quand même coûté plus de six cents balles, cette connerie ! » et nous pouffons de nouveau en nous tenant les côtes au-dessus du lave-vaisselle.

— C'est bien, avec tout ce que tu as gagné cette nuit tu pourras participer aux frais d'essence pour une fois...

— D'essence ET de péage, dis-je en me frottant le nez.

Je ne les vois pas, mais je devine son petit sourire satisfait et ses deux mains posées bien à plat sur ses genoux serrés.

Je me déhanche pour extraire un billet vert de mon jean.

— Laisse ça, dit mon frère.

Elle couine :

— Mais, euh... enfin, Simon, je vois pas pourqu...

— J'ai dit, laisse ça, répète mon frère sans bouger un cil.

Elle ouvre la bouche, la referme, se tortille un peu, ouvre la bouche de nouveau, époussette sa cuisse, bredouille, se tait finalement.

Il y a de l'eau dans le gaz. Si elle la boucle, ça signifie qu'ils se sont engueulés. Si elle la boucle, ça signifie que mon frère a élevé la voix.

C'est si rare...

Mon frère ne s'énerve jamais, ne dit jamais de mal de personne, ne connaît pas la malveillance et ne juge pas son prochain. Mon frère est un mutant.

Nous l'adorons, nous lui demandons : « Mais comment tu fais pour être si calme ? » Il répond : « Je ne sais pas. » Nous lui demandons encore : « Tu n'as jamais envie de te lâcher un peu, de dire des trucs bien petits, bien minables ? »

« Mais... je vous ai pour ça », répond-il dans un sourire angélique.

Oui, nous l'adorons. Tout le monde l'adore d'ailleurs... Ses nounous, ses institutrices, les profs, ses collègues de bureau, ses voisins, tout le monde. Quand nous étions petites, affalées sur la moquette de sa chambre, en train d'écouter ses disques et d'imaginer notre avenir, nous lui prédisions, Lola et moi :

« Toi, tu es tellement gentil que tu te feras mettre le grappin dessus par une chieuse. »

Bingo.

J'imagine bien pourquoi ils se sont engueulés. C'est probablement à cause de moi. Je pourrais reproduire leur conversation si je voulais...

Hier après-midi, j'ai demandé à mon frère s'il pouvait m'emmener, « C'était évident », m'a-t-il répondu au téléphone. Ensuite l'autre greluche a dû piquer sa crise, lui a rappelé que ça les obligeait à faire un gros détour. Mon frère a dû hausser les épaules et elle en a remis une couche. « Enfin chéri, le dixième arrondissement, ce n'est pas exactement sur la route, quand même, si ? »

Il a dû se faire violence pour lui fermer son caquet. Ils se sont couchés fâchés et elle a dormi à l'hôtel du Cul Tourné.

Elle s'est levée de mauvaise humeur. Elle a redit devant sa chicorée bio : « Quand même, ta feignante de sœur, elle aurait pu se lever et venir jusqu'ici... Ce n'est pas son boulot qui la tue quand même, si ? »

Elle est allée bouder dans sa salle de bains

Kaufman & Broad (je me souviens de notre première visite... Elle, une espèce d'écharpe en mousseline blanche autour du cou, virevoltant entre ses plantes vertes et commentant son Petit Trianon avec des glouglous dans la gorge : « Ici la salle de bains double. Ici la cuisine fonctionnelle. Ici la salle à manger conviviale. Ici le salon confortable. Ici la chambre de Théo très pratique. Ici la buanderie indispensable. Ici notre chambre lumineuse. Ici la... »

On avait l'impression qu'elle voulait nous la vendre. Simon nous avait raccompagnés jusqu'à la gare et – au moment de le quitter, nous lui avions redit : « Elle est belle ta maison... » « Oui, elle est fonctionnelle », avait-il répété en hochant la tête. Ni Lola, ni Vincent, ni moi n'avons prononcé la moindre parole pendant le trajet retour. Tous un peu tristes et chacun dans notre coin, nous devions probablement songer à la même chose. Que nous avions perdu notre grand frère et que la vie allait être bien plus ardue sans lui...), ensuite, elle a dû regarder sa montre au moins dix fois entre leur résidence et mon boulevard, a soupiré bruyamment vingt fois et quand, enfin, elle a klaxonné – parce que c'est elle qui a klaxonné, j'en suis sûre – je ne les ai pas entendus.

Misère de misère de misère.

Mon Simon, je suis désolée de te faire subir tout ça...

Je suis sincèrement désolée.

La prochaine fois, je m'organiserai autrement, je me débrouillerai mieux. Je me coucherai tôt. Je ne boirai plus, je ne jouerai pas aux cartes. La prochaine fois, je me stabiliserai tu sais, j'en trouverai un. Un bon garçon. Un gentil. Un Blanc. Un fils unique. Un courageux. Si ! c'est vrai. Un qui a le permis et la Golf. Je me dénicherai un amoureux qui travaille aux PTT parce que son papa travaillait aux PTT et qui fait ses trente-cinq heures sans tomber malade. Tu ne me crois pas ? Mais si, tu verras. Pourquoi tu te marres, idiot ?

Comme ça, je ne t'embêterais plus le samedi matin pour aller à la campagne. Je dirais à mon chouchounou des PTT : « Hé, ho, chouchounou, tu m'emmènes au mariage de ma cousine ? » et l'affaire serait réglée. Mais pourquoi tu ris bêtement ? Tu penses que je ne suis pas assez maligne pour faire comme les autres ? Pour m'en dégoter un gentil. Un non-fumeur. Un avec l'autocollant Nigloland sur le pare-brise arrière ? Un fiancé à qui j'irai acheter des caleçons Célio pendant ma pause déjeuner ? Oh comme ça me plairait... Oui, un bon bougre, un gars simple. Carré. Fourni avec les piles et le livret de Caisse d'Épargne.

Tout à fait ce qu'il me faut. Qui ne se prendrait jamais la tête. Qui ne penserait à rien d'autre qu'à comparer les prix du Casto et du Leroy-Merlin.

Et qu'on passerait toujours par le sous-sol pour ne pas salir l'entrée. Et qu'on laisserait nos chaussures en bas des marches pour ne pas salir l'escalier. Et qu'on serait amis avec les voisins qui sont si sympathiques et qu'on aurait un barbecue en dur et que ça serait bien pour les mômes parce que le lotissement y serait bien sécur comme dit ma belle-sœur et que...

Ô bonheur.

C'était trop affreux. Je me suis endormie.

J'ai émergé sur le parking d'une station essence du côté de Salbris. J'étais complètement dans le coaltar. Ensuquée et baveuse. J'avais du mal à ouvrir les yeux et mes cheveux me paraissaient étonnamment lourds.

Simon attendait devant les caisses. Nathalie se repoudrait le nez.

Je me suis postée devant une machine à café.

J'ai mis au moins trente secondes avant de réaliser que je pouvais récupérer mon gobelet. Je l'ai bu sans conviction. J'avais dû me tromper de bouton.

Bouh... la journée allait être bien longue...

Nous sommes remontés en voiture sans échanger un mot. Nathalie a sorti une lingette d'alcool de son vanity pour se désinfecter les mains.

Nathalie se désinfecte toujours les mains quand elle sort d'un lieu public.

C'est à cause de l'hygiène.

Parce que Nathalie, elle voit les microbes.

Elle les voit de ses yeux vus. Elle voit leurs petites pattes velues et leurs horribles bouches.

C'est la raison pour laquelle elle ne prend

jamais le métro d'ailleurs. Elle n'aime pas les trains non plus. Elle ne peut pas s'empêcher de penser aux gens qui mettent leurs pieds sur les fauteuils et collent leurs crottes de nez sous l'accoudoir.

Elle interdit à ses enfants de s'asseoir sur un banc ou de toucher les rampes des escaliers. Elle a du mal à les emmener au square. Elle a du mal à les poser sur un toboggan. Elle a du mal avec les plateaux des McDonald's. Elle a du mal avec les échanges de cartes Pokemon. Elle a du mal avec les charcutiers qui ne portent pas de gants et les peites vendeuses qui n'ont pas de pince pour lui servir son croissant.

Elle a du mal avec les goûters communs de l'école et les sorties à la piscine où tous les gamins se donnent la main et s'échangent leurs mycoses.

Vivre, pour elle, est une occupation harassante.

Moi, ça me gêne beaucoup cette histoire de lingettes désinfectantes...

Toujours percevoir l'autre comme un sac de microbes. Toujours regarder ses ongles en lui serrant la main. Toujours se méfier. Toujours s'éloigner de la rampe. Toujours mettre ses gosses en garde.

Touche pas c'est sale.

Ôte tes mains de là.

Ne partage pas.

Ne va pas dans la rue.

Ne t'assieds pas par terre ou je t'en colle une !

Toujours se laver les mains. Toujours se laver la bouche. Toujours craindre les lieux publics. Toujours éviter les toilettes pour dames. Toujours faire la bise sans y poser les lèvres. Toujours juger les mères à la couleur des oreilles de leurs enfants.

Toujours.

Toujours.

Toujours juger.

Ça ne sent pas bon du tout ce truc-là. Pas bon du tout. D'ailleurs, dans la famille de Nathalie, on a vite fait de se déboutonner au milieu du repas et de parler des Arabes.

Le père de Nathalie, il dit « les crouilles ».

Il dit : « Je paye des impôts pour que les crouilles fassent dix gamins. »

Il dit : « J'te foutrais ça dans un bateau, et je te torpillerais toute cette vermine, moi ! »

Il aime bien dire aussi : « La France est un pays d'assistés et de bons à rien. Les Français sont tous des cons. »

Et souvent il conclut comme ça : « Moi, je travaille les six premiers mois de l'année pour moi et les six autres pour l'État alors qu'on ne vienne pas me parler des pauvres et des chômeurs, hein ! Moi je travaille un jour sur deux pour que Mouloud ait de quoi se payer des Nike pour aller faire chier le bon peuple alors qu'on me fasse pas de leçon de morale ! »

Je pense à un déjeuner en particulier... Je n'aime pas m'en souvenir... C'était le baptême de la petite Camille. On s'était réunis chez les parents de Nathalie près de Senlis.

Son père est gérant d'un Casino (les petits pois, pas le terrain de jeux) et c'est en le voyant, au bout de son allée dallée, entre son lampadaire Art déco et sa 607, que j'ai vraiment compris le sens du mot *fat*. Ce mélange de force tranquille et de suffisance. Cet inébranlable contentement de soi-même. Ce gilet bleu ciel tendu sur ce gros ventre et cette façon étrange de vous tendre la main sans jamais vous voir vraiment.

J'ai honte en pensant à ce déjeuner. J'ai honte et je ne suis pas la seule. Lola et Vincent ne sont pas fiers non plus, j'imagine...

Simon n'était pas là quand la conversation a dégénéré. Il était au fond du jardin. Il construisait une cabane à son fils.

Il doit avoir l'habitude, lui. Il doit savoir qu'il vaut mieux s'éloigner du père Molinoux quand il se débraguette...

Simon est comme nous. Il n'aime pas les engueulades de fin de banquets. Il n'aime pas se frotter aux gens. Il dit que c'est de l'énergie mal employée, il dit qu'il faut garder ses forces pour des combats plus intéressants et ajoute que les gens comme son beau-père sont des batailles perdues d'avance.

Quand on lui parle de la montée de l'extrême droite, il hausse les épaules et dit : « Alors vous aussi ? Vous pensez que les Français sont si cons que ça ? Moi je ne crois pas... »

Comment fait-il pour supporter ces déjeuners familiaux ? Comment fait-il pour aider son beau-père à couper sa haie ?

Il pense aux cabanes de Théo.

Il pense au moment où il prendra son petit garçon par la main et s'enfoncera avec lui dans les sous-bois silencieux...

J'ai honte car nous nous sommes écrasés ce jour-là.

Nous nous sommes *encore* écrasés. Nous n'avons pas relevé les propos de ce monsieur gras qui ne verra jamais plus loin que le bout de sa clôture électrique.

Nous ne l'avons pas contredit. Nous ne nous sommes pas levés de table. Nous avons continué à mastiquer lentement nos choux à la crème en nous contentant de penser que ce type était un connard. En nous contentant de nous draper dans notre minuscule dignité. Pauvres de nous. Si lâches, si lâches...

Pourquoi sommes-nous ainsi tous les quatre ? Pourquoi les gens qui crient plus fort que les autres nous impressionnent-ils ? Pourquoi les gens agressifs nous font-ils perdre nos moyens ?

Qu'est-ce qui ne va pas chez nous ? Où s'arrête la bonne éducation et où commence la veulerie ?

Nous en avons souvent parlé. Nous avons souvent battu notre coulpe devant une pizza trop cuite et quelques bières. Nous n'avons besoin de personne pour nous appuyer sur la tête. Nous sommes assez grands pour la courber tout seuls et, quel que soit le nombre de cannettes vides, nous en arrivons toujours à la même conclusion. Que si nous sommes ainsi, silencieux et déterminés mais toujours impuissants face aux cons, c'est justement parce que nous n'avons pas la moindre parcelle de confiance en nous. Nous ne nous aimons pas.

Pas personnellement, j'entends.

Nous ne nous accordons pas tellement d'importance.

Pas assez pour postillonner sur le Lacoste du père Molinoux. Pas assez pour croire une seconde que nos cris d'orfraie pourraient infléchir la courbe de ses pensées. Pas assez pour espérer que nos mouvements de dégoût, nos serviettes jetées sur la table et nos chaises renversées puissent changer de quelque manière que ce soit la marche du monde.

Qu'aurait-il pensé le bon docteur en nous regardant nous agiter ainsi et quitter son logis la tête haute ? Il aurait simplement saoulé sa femme toute la soirée en répétant :

« Quels petits cons. Quels petits cons. Non mais vraiment, quels petits cons... »

Pourquoi faire subir cela à cette pauvre femme ?

Qui sommes-nous pour gâcher la fête de vingt personnes ?

On peut aussi dire que ce n'est pas de la lâcheté. On peut aussi admettre que c'est de la sagesse. Admettre que nous savons prendre du recul. Admettre que nous n'aimons pas mettre le pied dans la merde. Admettre que nous sommes moins bruyants que tous ces gens qui moulinent sans cesse et n'agissent nulle part.

Oui, c'est ainsi que nous nous réconfortons. En nous rappelant que nous sommes jeunes et déjà trop lucides. Que nous nous tenons à mille coudées au-dessus de la fourmilière et que la bêtise ne nous atteint pas tant que ça. Nous nous en moquons. Nous avons autre chose. Nous avons nous. Nous sommes riches autrement.

Il suffit de se pencher à l'intérieur...

Il y a plein de choses dans notre tête. Plein

de choses très éloignées de ces borborygmes racistes. Il y a des musiques de films, des poèmes recopiés dans de vieux agendas, des pages arrachées, des souvenirs heureux, des souvenirs affreux, des chansons et des refrains sur le bout de nos langues. Des cassettes mille fois rembobinées et des disques rayés. Notre enfance, nos solitudes, nos premiers baisers et nos projets d'avenir. Les dessins d'Hugo Pratt. La scène où Clint Eastwood se frotte les yeux. Les bals du 14 Juillet à Villiers. L'odeur des coings dans la cave. Nos grands-parents, nos rêves de Mobylette et nos veilles d'examen. Les *Jonathan, L'Espace bleu entre les nuages* et *Kate,* surtout. L'aquarium géant que Gaston fabrique à son poisson rouge. La découverte des *Monsieur Jean. Sylvia* d'Howard Fast et Marcello Mastroianni dans *Les Yeux noirs.* Les robes d'Yves Saint Laurent. La nuit où nous avons repeint le boulevard Pereire et le jour où j'ai failli tomber du toit. La tête de Simon quand il a entendu Björk pour la première fois de sa vie et *Les Petits Riens* de Mozart sur le parking du Macumba.

Toutes ces bêtises, tous ces remords et nos bulles de savon à l'enterrement du parrain de Lola...

Nos amours perdues, nos lettres déchirées et nos amis au téléphone. Ces nuits mémorables, cette manie de tout déménager et celui ou celle que nous rencontrerons demain en sortant de la boulangerie.

Tout ça et plus encore.
Assez pour ne pas s'abîmer l'âme.
Assez pour ne pas essayer de discuter avec les abrutis.
Qu'ils crèvent.
Ils crèveront de toute façon.
Ils crèveront seuls pendant que nous serons au cinéma.

Voilà ce qu'on se dit pour se consoler de n'être pas partis ce jour-là...

On se rappelle aussi que tout ça, cette apparente indifférence, cette discrétion, cette faiblesse aussi, c'est la faute de nos parents.
De leur faute ou grâce à eux.
Parce que ce sont eux qui nous ont appris les livres et la musique. Ce sont eux qui nous ont parlé d'autre chose et qui nous ont forcés à voir autrement, à voir plus haut, plus loin. Mais ce sont eux aussi qui ont oublié de nous donner

la confiance. Ils pensaient que ça viendrait tout seul, que nous étions un peu doués pour la vie et que les compliments nous gâcheraient l'ego.

Raté.

Ça n'est jamais venu.

Maintenant nous sommes là. Comme des niais. Silencieux face aux excités. Avec nos coups d'éclat manqués et notre vague envie de vomir.

Trop de crème pâtissière peut-être...

Un jour nous étions sur une plage en Bretagne. C'était rare que nous soyons en famille quelque part. C'était rare parce que la Famille avec un grand F majuscule, ça n'a jamais été exactement pour nous.

À un moment notre pop (notre papa n'a jamais voulu qu'on l'appelle papa et quand les gens s'en étonnaient, nous répondions que c'était à cause de Mai 68. Ça nous plaisait bien comme explication, « Mai 68 », c'était comme un code secret, c'était comme si on disait : « C'est parce qu'il vient de la planète Zorg »), notre pop, donc, a dû lever le nez de son livre et il a dit :

« Les enfants, vous voyez cette plage ?

Hé bien, vous savez ce que vous êtes, vous, dans l'univers ?

Vous êtes ce grain de sable, là, juste ce grain de sable. »

Nous l'avons cru.

Tant pis pour nous.

— Mais qu'est-ce que ça sent ? demande Nathalie.

J'étais en train d'étaler la pâte de Mme Rachid sur mes jambes.

— Mais, mais qu'est-ce que c'est que ce truc ?!

— Je ne sais pas... Je crois que c'est du miel mélangé avec de la cire et des épices...

— Quelle horreur ! C'est vraiment dégoûtant... Et tu fais ça ici, toi ?

— Bien obligée... Je ne vais pas y aller comme ça... On dirait un yeti.

Ma belle-sœur s'est retournée accablée.

— Tu fais attention aux fauteuils quand même... Simon, coupe la clim' que j'ouvre ma fenêtre.

Mme Rachid m'avait enveloppé ça dans un tissu humide. « Riviens mi voir la prochaine fois, riviens mi voir qui ji m'occupe de toi. Qui ji m'occupe di ton pitit jardin d'amour... ti verras comme il sira ton homme quand ji t'aurai tout enlevé, il sira comme un fou avec toi et ti pourras lui dimander tout ci que ti veux à ton homme... » m'avait-elle assuré dans un clin d'œil.

Je souriais mais pas trop, je venais de faire une tache sur l'accoudoir et je jonglais avec mes Kleenex. Quel merdier.

— Et tu vas t'habiller dans la voiture aussi ?
— On s'arrêtera un peu avant... Hein Simon, tu me trouveras bien un petit chemin ?
— Un petit chemin qui sent la noisette ? il répond.
— Si possible...

— Et Lola ? demande encore Nathalie.
— Lola, quoi ?
— Elle vient ?
— Je ne sais pas.

— Tu ne sais pas ? répète-t-elle agacée.

— Non. Je ne sais pas.

— C'est incroyable... Avec vous, personne ne sait jamais. C'est toujours la même chose. C'est toujours le grand flou artistique ! Vous ne pouvez pas vous organiser un peu de temps en temps ? ! Au moins un minimum ?

— Je l'ai eue hier au téléphone, fis-je sèchement, elle n'était pas très en forme. Elle ne savait pas encore si elle venait.

— Tu m'étonnes...

Je n'aimais pas son ton condescendant.

— Qu'est-ce qui t'étonne ? dis-je agressive.

— Oh là là... rien. Rien ne m'étonne plus avec vous ! Et puis si Lola est comme ça, c'est aussi de sa faute. C'est ce qu'elle a voulu, non ? Elle a quand même le chic pour se retrouver dans des galères pas possibles... On n'a pas idée de...

Le front de Simon se plissait dans le rétroviseur. Il fallait qu'elle la boucle ou elle aurait du mal à retrouver la couleur initiale de ses tapis.

— Enfin moi ce que j'en dis, hein...

— Oui. Exactement. Ce que t'en dis. Hein...

— Ce que j'en dis, quoi ?

— Ce que t'en dis, il vaut mieux que tu le gardes pour toi, tu vois...

Elle a pris son air excédé.

— De toute façon, on ne peut jamais rien dire dans cette famille. Dès qu'on émet une remarque, les trois autres vous tombent dessus avec un couteau sous la gorge, c'est ridicule.

Je voyais les yeux de Simon se plisser.

— Et ça te fait sourire, toi ? Ça vous fait sourire, tous les deux... C'est vraiment n'importe quoi. C'est puéril. On peut quand même avoir un avis, non ? Comme vous ne voulez rien entendre, on ne peut rien dire et comme personne ne dit jamais rien, vous restez intouchables. Vous ne vous remettez jamais en cause. Moi, je vais vous dire ce que j'en pense...

Mais on s'en tape de ce que t'en penses ma chérie.

— Je pense que cette espèce de protectionnisme, ce côté « on fait bloc et vous êtes tous des cons » ne vous rend pas service. Ce n'est absolument pas constructif.

— Et d'être fille unique, c'est constructif ?

— Ce n'est pas de moi dont il est question, objecte-t-elle. Dis donc, t'as fini, là, avec ton mastic, parce que c'est vraiment ignoble ce machin...

— Oui, oui, dis-je en roulant ma boule sur mes petits mollets blancs, j'ai presque fini.

— Et tu ne te mets pas une crème après ? Là, tes pores sont choqués, il faut que tu les réhydrates maintenant sinon tu vas avoir des points rouges jusqu'à demain.

— Ah ? Zut, je n'ai rien pris...

— Tu n'as pas de crème de soin ?

— Non.

— Ni de crème de jour ?

— Non.

— Ni de crème de nuit ?

— Non

— Tu n'as rien ? !

Elle était horrifiée.

— Si, j'ai une brosse à dents, du dentifrice, une pince à épiler, de *L'Heure bleue,* des préservatifs, du Rimmel et un tube de *Labello* rose.

Elle était accablée.

— C'est tout ce que tu as dans ta trousse de toilette ?

— Euh... c'est dans mon sac... Je n'ai pas de trousse de toilette.

Elle a soupiré, elle s'est penchée sur son vanity et m'a tendu un gros tube blanc.

— Tiens, mets-toi ça quand même...

Je lui ai dit merci dans un vrai sourire. Elle était contente. C'est une super chieuse c'est vrai, mais elle aime bien faire plaisir. On peut lui reconnaître cette qualité quand même...

Et puis elle n'aime pas laisser des pores sous le choc. Ça lui fend le cœur.

Au bout d'un moment elle a ajouté :

— Garance ?

— Mmmm...

— Tu sais ce que je trouve de profondément injuste ?

— Non, c'est quoi ?

— Et bien c'est que tu seras belle quand même... Avec juste un peu de brillant à lèvres et une trace de Rimmel, tu seras belle. Ça m'écœure...

Je n'en revenais pas. C'était la première fois depuis des années qu'elle me disait quelque chose de gentil. Je l'aurais presque embrassée mais elle m'a calmée aussitôt :

— Hé ! tu me finis tout mon tube, là ! C'est pas du Barbara Gould je te signale...

C'est ma Nathalie tout craché, ça. De peur d'être prise en flagrant délit de faiblesse, elle t'envoie systématiquement une petite pique dans les gencives après un mot gentil.

C'est dommage. Elle se prive de plein de bons moments. C'eut été un bon moment pour elle si je m'étais jetée à son cou sans crier gare. Un gros baiser sur l'A 10. Mais non. Il faut toujours qu'elle gâche tout. Quelquefois je me dis que je devrais la prendre en stage chez moi quelques jours pour lui apprendre la vie.

Qu'elle baisse enfin la garde, qu'elle se lâche, qu'elle tombe la blouse et oublie les miasmes des autres.

Ça me chagrine de la savoir comme ça, sanglée dans ses préjugés et incapable de tendresse et puis je me souviens qu'elle a été élevée par les sémillants Jacqueline et Serge Molinoux, clos des Glycines dans la banlieue résidentielle de Senlis et je me dis que, tout compte fait, elle ne s'en tire pas si mal...

La trêve n'a pas duré et Simon en a pris pour son grade :

Ne roule pas si vite. Qu'est-ce que c'est que cette radio ? Je n'ai pas dit vingt à l'heure quand même. Pourquoi tu as baissé la clim' ? Attention aux motards. Tu es sûr d'avoir pris la bonne carte ? On peut lire les panneaux s'il te plaît ? Tu as pensé à l'essence ? Attention dans les virages. Tu vois bien que je me fais les ongles ! Tu le fais exprès ou quoi ?

J'aperçois la nuque de mon frère dans le creux de son appuie-tête. Sa belle nuque droite et ses cheveux coupés ras.

Je me demande comment il supporte ça et s'il ne rêve pas quelquefois de l'attacher à un arbre et de démarrer en trombe.

Pourquoi lui parle-t-elle si mal ? Sait-elle seulement à qui elle s'adresse ? Sait-elle que l'homme assis à côté d'elle était un dieu des modèles réduits ? Un as du Meccano ? Un génie des Lego System ?

Un petit garçon patient qui a mis plusieurs mois à construire une planète délirante avec du lichen séché pour faire le sol et des bestioles hideuses fabriquées en pâte à modeler roulée dans de la toile d'araignée ?

Un petit gars têtu qui participait à tous les concours et les gagnait presque tous : Nesquick, Ovomaltine, Babybel, Caran d'Ache, Kellog's et Club Mickey ?

Une année, son château de sable était si beau que les membres du jury l'ont disqualifié en l'accusant de s'être fait aider. Il a pleuré tout l'après-midi et notre grand-père a dû l'emmener dans une crêperie pour le consoler. Là, il a bu trois bolées de cidre d'affilée.

C'était sa première cuite.

Réalise-t-elle que son bon toutou de mari a porté jour et nuit et pendant des années une cape de Superman en satin rouge qu'il pliait consciencieusement dans son cartable chaque fois qu'il franchissait les grilles de l'école ? Le seul garçon qui pouvait réparer la mobylette pourrie de Pascal Fourmi ? Et le seul aussi qui a vu les seins de Mme Lajounie, la marchande de journaux ?

Simon Lariot, le discret Simon Lariot, qui a toujours mené son petit bonhomme de chemin avec grâce et sans embêter personne.

Qui ne s'est jamais roulé par terre, qui n'a jamais rien exigé, qui ne s'est jamais plaint. Qui a réussi ses années de prépa et son entrée à l'École des mines sans grincement de dents et sans Ténormine. Qui n'a pas voulu fêter ça et qui a rougi jusqu'aux oreilles quand la directrice du lycée Stendhal l'a embrassé dans la rue pour le féliciter.

Le même grand garçon qui peut rire bêtement pendant vingt minutes montre en main quand il tire sur un joint et qui sait doser un bloody mary mieux que personne.

Je ne dis pas que c'est un saint, je dis qu'il est mieux que ça.

Alors ? Pourquoi se laisse-t-il ainsi marcher sur les pieds ? Mystère. Mille fois, j'ai voulu le secouer, lui ouvrir les yeux et lui demander de frapper du poing sur la table. Mille fois.

Un jour Lola a essayé. Il l'a envoyée bouler et lui a répondu que c'était sa vie.

C'est vrai. C'est sa vie mais c'est nous qui sommes tristes.

C'est idiot, on a bien assez de travail comme ça dans nos propres plates-bandes...

C'est avec Vincent qu'il parle le plus. À cause d'Internet. Ils s'écrivent tout le temps et s'envoient des blagues débiles ou des adresses de sites pour trouver des vinyles, des fanzines, des guitares d'occasion ou des amateurs de maquettes.

Il a trouvé un grand ami dans le Massachusetts avec lequel il échange des photos de leurs bébés télécommandés respectifs. Il s'appelle Cecil W. Thurlinghton et habite une grande maison sur l'île de Martha's Vineyard.

Avec Lola, on trouve ça super chic. Martha's Vineyard... « le berceau des Kennedy », comme ils disent dans *Paris Match*.

On rêve de prendre l'avion et d'approcher la plage privée de Cecil en criant : « *You-hou ! we are Simon's sisters ! Youhououou Cecil ! Here we are !* »

On l'imagine avec un blazer bleu marine, un pull en coton vieux rose sur les épaules et un pantalon de lin blanc. Une vraie pub pour Ralph Lauren.

Quand on menace Simon d'un tel déshonneur, il perd un peu de son flegme.

— On dirait que tu le fais exprès ! Je viens encore de déborder !

— Mais enfin... combien de couches tu te mets, lui demande-t-il, un peu agacé.

— Trois.

— Trois couches ?

— La base, la couleur et le fixateur.

— Ah...

— Attention ! mais préviens-moi quand tu freines !

Il lève les sourcils.

À quoi pense-t-il quand il lève ainsi les sourcils ?

Nous avons mangé un sandwich caoutchouteux sur une aire d'autoroute. Un truc infâme. Je préconisais plutôt un petit plat du jour chez un Routier sur la nationale mais : « Ils ne savent pas laver la salade... » C'est vrai. J'oubliais. Donc sandwichs sous vide. C'est plus hygiénique.

« Ce n'est pas bon mais au moins on sait ce qu'on mange ! »

C'est un point de vue.

Nous étions assis dehors, à côté d'une station essence. On entendait des « Brrrrrrrammmmm » et des « Brrrrrrrroummmmm » toutes les deux secondes mais je voulais fumer une cigarette et Nathalie ne supporte pas l'odeur du tabac.

— Il faut que j'aille aux toilettes, annonça-t-elle en prenant un air douloureux. Ça ne doit pas être le grand luxe ici...

— Pourquoi tu ne vas pas dans l'herbe ? lui demandai-je.

— Devant tout le monde ? Tu es folle !

— Tu n'as qu'à aller un peu plus loin... je viens avec toi si tu veux...

— Non.

— Pourquoi, non ?

— Je vais salir mes chaussures.

— Oh... mais qu'est-ce que ça fait trois petites gouttes ?

Elle s'était levée sans me répondre.

— Tu sais Nathalie, ajoutai-je en lui souriant, le jour où tu aimeras faire pipi dans l'herbe, tu seras beaucoup plus heureuse...

Elle a haussé les épaules.

— Tout va très bien, je te remercie.

Je me suis tournée vers mon frère. Il regardait les champs de maïs en plissant les yeux. Il n'avait pas l'air très en forme.

— Ça va ?

— Ça va, répondit-il sans se retourner.

— Ça n'a pas l'air...

Il se frottait le visage.

— Je suis fatigué.

— De quoi ?

— De tout.

— Toi ? Je ne te crois pas.

— Et pourtant c'est vrai...

— C'est ton boulot ?

— Mon boulot. Ma vie. Tout.

— Pourquoi tu dis ça ?

— Parce que c'est vrai, tiens...

— Mais...

Il me tournait de nouveau le dos.

— Oh Simon... mais qu'est-ce que tu nous fais là ? Hé, t'as pas le droit de parler comme ça, c'est toi le héros de la famille, je te rappelle...

— Eh ben justement, il est fatigué le héros...

J'en étais sur le cul. C'était la première fois que je le voyais comme ça.

Si Simon se mettait à douter, alors où allait-on ?

À ce moment-là, et je dis que c'est un miracle et j'ajoute que ça ne m'étonne pas et j'embrasse le saint patron des frères et sœurs qui veille sur nous depuis bientôt trente-quatre ans et qui n'a pas chômé le brave homme, son portable a sonné.

C'était Lola qui s'était finalement décidée et qui demandait s'il pouvait passer la prendre en gare de Poitiers.

Le moral est revenu aussitôt. Il a glissé son portable dans sa poche et m'a demandé une cigarette. Nathalie est revenue avec ses lingettes et lui a rappelé le nombre exact des victimes mortes du cancer du poumon en 2001. Il a fait un petit geste de la main comme s'il voulait chasser une mouche. Elle est repartie en marmonnant.

Lola allait venir, Lola serait avec nous, Lola ne nous avait pas lâchés et le reste du monde pouvait bien s'évanouir.

Simon avait mis ses lunettes de soleil. Il souriait.

Sa Lola était dans le train...

Il y a quelque chose de spécial entre eux, d'abord ce sont les plus rapprochés, dix-huit mois d'écart, et puis ils ont vraiment été *enfants* ensemble.

Ils ont fait les quatre cents coups. Lola avait une imagination délirante (déjà !) et Simon était docile (déjà...). Ils se sont perdus, ils se sont noyés, ils se sont cachés, ils se sont enfuis, ils se sont battus, ils se sont haïs et ils se sont réconciliés. Maman raconte que Lola l'asticotait continuellement, qu'elle venait toujours l'emmerder dans sa chambre en lui arrachant son livre des mains ou en shootant dans ses Playmobil. Ma sœur n'aime pas qu'on lui rappelle ces faits d'armes (elle a l'impression d'être mise dans le même panier que Nathalie !), du coup, maman se sent obligée de rectifier le tir et d'ajouter qu'elle était toujours partante pour bouger, pour inviter tous les gamins à l'entour et pour inventer de nouveaux jeux. Que c'était une espèce de cheftaine cool qui turbinait à mille idées la minute et qui veillait sur son grand frère comme une poule ombrageuse. Qu'elle lui confectionnait des gloubi-boulga au Benco et qu'elle venait le chercher dans ses Lego quand c'était l'heure de Goldorak ou d'Albator.

Lola et Simon ont connu la Grande Époque, celle de Villiers, quand nous habitions tous au fin fond de la cambrousse et que les parents étaient heureux ensemble. Pour eux, le monde commençait devant la maison et s'arrêtait au bout du village.

Ensemble, ils ont pêché des piquettes et cassé des œufs.

Ils ont tiré sur la sonnette de la mère Margeval et détruit des pièges, ils ont repeint en jaune vif la barrière des Dormeuil (nos voisins parisiens que nous n'aimions pas et qui nous le rendaient bien) et sauvé des petits chats qu'un salaud avait enfermés vivants dans un sac en plastique.

Boum! Sept chatons d'un coup. C'est pop qui était content...

Et le jour où le Tour de France est passé devant chez nous... ils sont allés acheter cinquante baguettes chez Hénaut et ont vendu des sandwichs à tour de bras. Avec les sous, ils se sont acheté des farces et attrapes, soixante Malabar, une corde à sauter pour moi, une petite trompette pour Vincent (déjà!) et le dernier *Yoko Tsuno*.

Oui, c'était une autre enfance. Eux savaient ce qu'était une dame de nage, fumaient des lianes et connaissaient le goût des groseilles à maquereau. D'ailleurs, l'événement qui les a le plus marqués, c'est le jour où ils ont vu monsieur le curé en short!

Et puis ils ont vécu ensemble le divorce des parents. Vincent et moi étions trop petits. Nous, on a vraiment réalisé l'arnaque le jour du déménagement. Eux, au contraire, ont eu l'occasion de profiter pleinement du spectacle. Ils se relevaient la nuit et allaient s'asseoir côte à côte en haut de l'escalier pour les entendre se battre. Un soir, pop a cassé l'évier de la cuisine en s'énervant et maman pleurait.

Simon et Lola suçaient leur pouce dix marches plus haut.

C'est idiot de raconter tout ça, leur complicité tient à beaucoup plus qu'à ce genre de moments un peu lourds... Mais enfin...

C'est tout à fait différent pour Vincent et moi. Nous on a été minots à la ville. Moins de vélo et plus de télé... On ne savait pas coller une Rustine mais on savait comment gruger les contrôleurs ou réparer une planche de skate. Et puis Lola est partie en pension et il n'y avait plus personne pour nous souffler des idées de bêtises et nous courser dans le jardin...

Elle a quitté la maison quand elle avait quatorze ans. Nous étions encore à Villiers et les parents commençaient à maigrir chacun dans leur coin. Officiellement, elle est partie à cause du collège. Parce que le niveau ici était exécrable et qu'elle était tout le temps la première de sa classe sans jamais ouvrir son cartable. Officieusement, je crois qu'elle n'avait pas très envie d'assister à la curée. Les mots attrapés dans l'escalier lui avaient suffi.

Nous avons déménagé un an plus tard.

Nous nous écrivions toutes les semaines. Elle était ma grande sœur chérie. Je l'idéalisais, je lui envoyais des dessins et lui écrivais des poèmes. Quand elle rentrait, elle me demandait si Vincent s'était bien comporté pendant son absence. Bien sûr que non, lui répondais-je, bien sûr que non, et je racontais dans le détail toutes les infamies dont j'avais été la victime la semaine passée. À ce moment-là et à ma grande satisfaction, elle l'emmenait dans un cagibi pour le cravacher.

Mon frère hurlait et moi, je buvais du petit-lait.

Et puis un jour, pour que ce soit meilleur encore, j'ai voulu le voir souffrir. Et là, horreur, ma sœur donnait des coups de cravache dans un polochon pendant que Vincent beuglait en rythme et en lisant un *Boule et Bill*. Ce fut une affreuse déception. Ce jour-là Lola est tombée de son piédestal.

Ce qui s'avéra être une bonne chose : désormais nous étions à la même hauteur.

Aujourd'hui, elle est ma meilleure amie et, si un jour je tue quelqu'un, elle m'aidera à enterrer les morceaux avant de me faire la morale.

Que cette jeune femme de trente-deux ans soit ma sœur aînée est tout à fait anecdotique. Disons que c'est un petit plus dans la mesure où nous n'avons pas perdu de temps à nous trouver.

Lola est grande, je suis petite. Elle est blonde, je suis brune. Elle fait du 90 A, moi du 85 B. Elle est un peu coincée, je suis un peu délurée. Elle n'a aucune amie, j'ai les mêmes depuis la maternelle.

Elle a peur de son ombre, je ne crains personne (hum...). Elle aime les mots, j'aime les notes. Elle admire les peintres, je préfère les photographes. Elle ne dit jamais ce qu'elle a sur le cœur, je dis tout ce que je pense. Elle n'aime pas les conflits, j'aime que les choses soient claires. Elle aime être « un peu pompette », je préfère boire. Elle n'aime pas sortir, je fais la fête. Elle ne sait pas s'amuser, je ne sais pas me coucher. Elle ne joue pas, je suis joueuse. Elle ne s'énerve jamais, je pète les plombs. Elle dit que le monde appartient à ceux qui se lèvent tôt, je lui redemande de fermer les volets. Elle est romantique, je suis pragmatique. Elle s'est mariée, je papillonne. Elle ne peut pas coucher avec un garçon sans être amoureuse, je ne peux pas coucher avec un garçon sans préservatif. Elle a besoin de moi, j'ai besoin d'elle.

Elle ne me juge pas. Elle me prend comme je suis. Avec mon teint gris et mes idées noires. Ou avec mon teint rose et mes idées bleues. Lola sait ce que c'est qu'une grosse envie de chemisier blanc ou de talons hauts. Elle comprend le plaisir qu'il y a à faire chauffer à blanc une Carte bleue et à culpabiliser à mort dès qu'elle a refroidi. Lola me gâte. Elle tient le rideau quand je suis dans la cabine d'essayage. Elle me demande toujours comment vont mes amours et fait la moue quand je lui parle de mes amants. Quand nous ne nous sommes pas vues depuis longtemps, elle m'emmène dans une brasserie, chez *Bofinger* ou au *Balzar* pour regarder les garçons. Je me concentre sur ceux des tables voisines et elle, sur les serveurs. Elle est fascinée par ces grands dadais en tabliers blancs. Elle les suit du regard, leur invente des destins à la Sautet et dissèque leurs manières stylées. Le truc rigolo, c'est qu'il arrive toujours un moment où l'on en voit passer un dans l'autre sens à la fin de son service. Il ne ressemble plus à rien, le jean et le blouson de cuir ont remplacé le gilet noir et il salue ses collègues en les apostrophant vulgairement :

— Salut Bernard.

— Tu te casses maintenant, toi ?

— Hé ouais.

— On t'voit d'main ?

— C'est ça. Espère, mon con.

Lola baisse les yeux et sauce son assiette avec ses doigts. Adieu veaux, vaches, cochons, Paul, François et les autres.

Nous nous étions un peu perdues de vue. Sa pension, ses études, son mariage... l'accolade était là mais il nous manquait l'abandon. Et puis elle nous est revenue. Accablée mais résolue. Assassine et meurtrie.

Elle s'était mariée à vingt-trois ans avec un garçon qu'elle aimait mais qui ne lui ressemblait pas. C'était surprenant mais pourquoi pas ? Qui n'a jamais été troublé par le mystère des couples ?

Avec lui, et sans jamais se confier, ni lui parler doucement puisque ce n'était pas le genre, elle a eu deux enfants, Alice et Pierre.

Le jour où Pierre a percé sa quatrième dent, elle a rencontré un autre homme dont elle est tombée amoureuse. Pour la première fois de sa vie, quelqu'un l'aimait entièrement, complètement, résolument et pour ce qu'elle était, elle. Pour ce qu'elle était exactement.

Elle n'en revenait pas. Elle, elle croyait que l'important était de prendre soin des autres et de les rendre heureux. Elle pensait sincèrement que son entourage était ce qui la justifiait sur cette terre et que le reste, tout le reste, ce qui couvait dans sa tête, sa vie secrète et tous les petits replis de son âme n'avaient pas tellement d'importance. Ce qu'il fallait, c'était être gaie et tirer sur le joug sans en avoir l'air. Quand on s'étonnait de sa solitude, de la façon dont elle se retirait dans le quotidien, de ses silences, elle souriait et répondait que la vraie vie était dans les livres.

Faux, lui a rétorqué cet homme opiniâtre et sous le charme, faux, votre vie est entre vos mains.

J'ai eu ma sœur au téléphone à ce moment-là et, comme tout le monde, je suis tombée des nues. Les mots me manquaient. Elle ne s'était jamais plainte, elle ne m'avait jamais fait part de ses doutes et venait de mettre au monde un petit garçon adorable. Elle était aimée. Elle avait tout pour être heureuse comme on dit...

Comment faut-il réagir quand on vous annonce que votre système solaire se détraque ? Que faut-il dire dans ce cas-là ? Bon sang, c'était elle qui nous montrait le chemin jusqu'à présent. Nous lui faisions confiance. Enfin, moi, en tout cas, je lui faisais confiance. Nous sommes restées très longtemps au téléphone. Elle pleurait, répétait qu'elle ne savait plus où elle en était, se taisait et pleurait de nouveau. Quelle que soit sa décision, elle serait malheureuse. Qu'elle parte ou qu'elle reste, la vie ne valait plus la peine d'être vécue. Elle n'avait pas trompé son mari, elle ne voulait pas le faire souffrir et elle ne voulait pas faire souffrir ses enfants, oui mais voilà... cet homme, le même, celui qui était tombé amoureux d'elle sans le faire exprès, ce garçon tendre et malin lui a redit très doucement : je ne veux pas d'un adultère avec vous. Comme elle ne réagissait pas, il a ajouté : servez-vous de moi, servez-vous de moi pour partir. Même si vous n'êtes pas certaine de m'aimer, servez-vous de moi. Ce mariage ne vous va pas au teint. Comme elle pleurait toujours, et toujours au téléphone puisqu'elle ne voulait pas le voir, il a joué sa dernière carte. Il lui a dit : Lola, soyez vous-même.

Ce soir-là, elle secouait la table et détruisait son beau château de cartes.

La suite est plus sordide. Avocats, pleurs, chantage, chagrin, nuits blanches, fatigue, renoncements, culpabilité, douleur de l'un contre douleur de l'autre, agressivité, attestations, tribunal, clans, appel, manque d'air et front contre le mur. Et au milieu de tout ça, deux petits enfants aux yeux très bleus pour lesquels elle continuait de faire l'andouille en leur inventant, au bord du lit, des histoires de princes charmants et de princesses endormies.

C'était hier et les cendres sont encore chaudes. Il n'en faut pas beaucoup pour que les larmes lui montent aux yeux et je sais que certains matins sont difficiles. Elle m'a avoué l'autre jour que lorsque les enfants partaient chez leur papa, elle se regardait longtemps pleurer dans le miroir de l'entrée.

C'est la raison pour laquelle elle ne voulait pas venir à ce mariage.

Se cogner la famille. Tous ces oncles, toutes ces tantes et tous ces cousins éloignés. Leurs mines vaguement compatissantes ou vaguement consternées. Tout ce folklore. Le blanc virginal, les cantates de Bach, le sacrement des époux, les deux mains sur le même couteau devant la pièce montée et les mille et un vœux de bonheur et surtout, les enfants des autres.

Ceux qui vont courir dans tous les sens toute la journée, les oreilles un peu rouges d'avoir fini les fonds de verres, en salissant leurs beaux habits et en suppliant pour ne pas aller se coucher tout de suite.

Les enfants justifient les réunions de famille. Ils sont toujours ce qu'il y a de mieux à regarder. Ils sont toujours les premiers sur la piste de danse et les seuls à oser dire que le gâteau est écœurant. Ils tombent amoureux pour la première fois de leur vie et s'endorment épuisés sur les genoux de leurs mamans. Alice devait être demoiselle d'honneur. Elle avait essayé sa robe à smocks en tournant sur elle-même et ne voulait plus dormir sans son petit panier blanc, mais Lola avait mal regardé le calendrier du juge : ce n'était pas son week-end. Pas de quête et pas de dragées dans le petit panier. On lui a suggéré d'appeler Thierry pour voir si elle pouvait intervertir les week-ends, elle n'a même pas répondu. Nous n'avons pas insisté. Thierry a encore pas mal de haine en réserve.

Mais elle venait. On allait pouvoir s'installer tous les quatre à une table à l'écart et commenter le chapeau de la tante Yvonne et les chaussures de la mariée.

Quel bonheur !

— Pourquoi tu prends cette sortie ?
— On passe prendre Lola, répond Simon.
— Où ça ? s'étrangle sa douce.
— À la gare de Poitiers.
— C'est une blague ?
— Non pas du tout. Elle y sera dans quarante minutes.

— Et pourquoi tu ne me l'as pas dit ?

— J'ai oublié. Elle m'a appelé tout à l'heure.

— Quand ?

— Quand nous étions sur l'aire d'autoroute.

— Je n'ai rien entendu.

— Non, tu étais aux toilettes.

— Je vois...

— Tu vois quoi ?

— Rien.

Sa bouche se tordait dans tous les sens.

— Il y a un problème ? s'inquiète mon frère.

— Non. Pas de problème. Aucun problème. C'est juste que la prochaine fois tu te mettras une loupiote de taxi sur le toit, c'est tout...

Il n'a pas relevé. Les jointures de ses doigts pâlissaient.

Nathalie avait laissé Hugo et Camille chez sa mère pour, je cite, deux points, à la ligne, tiret, ouvrez les guillemets, *passer un week-end en amoureux*, fermez les guillemets.

Ça s'annonçait chaud, chaud, chaud.

— Et vous dormez dans la même chambre d'hôtel que nous, aussi ?

— Non, non, ai-je fait en secouant la tête, ne t'inquiète pas.

— Vous avez réservé quelque chose ?

— Euh... non.

— Bien sûr... Je m'en doutais, note bien.

— Mais ce n'est pas un problème ! On dormira n'importe où ! On dormira chez tante Paule !

— Tante Paule n'a plus de lits. Elle me l'a encore redit avant-hier au téléphone.

— Eh bien... On dormira dans une voiture et puis c'est tout !

Elle a répondu quelque chose en grognonnant. Je n'ai pas compris.

Pas de chance, le train avait dix minutes de retard et quand, enfin, les voyageurs sont descendus, pas de Lola à l'horizon.

Simon et moi, nous serrions les fesses.

Et puis si, la voilà, tout au bout du quai. Elle était dans le dernier wagon, elle avait dû monter dans le train en catastrophe. Elle était bien là et marchait vers nous en agitant les bras.

Identique à elle-même et telle que je m'attendais à la voir. Le sourire aux lèvres, la démarche un peu chaloupée, ses ballerines, son tee-shirt blanc et son vieux 501.

Elle portait un chapeau délirant. Une immense capeline bordée d'un large ruban de gros-grain noir.

Elle m'a embrassée. Que tu es belle, m'a-t-elle dit, tu t'es fait couper les cheveux ? Elle a embrassé Simon en lui caressant le dos et a ôté son grand chapeau pour ne pas froisser le brushing de Nathalie.

Elle avait été obligée de voyager dans le wagon à vélos parce qu'elle n'avait pas trouvé de place pour poser sa cornette et demandait si nous pouvions faire un détour par le buffet de la gare pour acheter un sandwich. Nathalie a regardé sa montre et j'en ai profité pour acheter *Voici*.

Voici, notre ignominieuse mignardise...

Nous sommes remontés en voiture, Lola a demandé à sa belle-sœur si elle pouvait prendre son chapeau sur ses genoux. Ben, voyons, lui a-t-elle répondu dans un sourire un peu forcé.

Ma sœur a levé le menton l'air de dire : qu'est-ce qui se passe ? et j'ai levé les yeux au ciel façon de dire : comme d'habitude...

Elle s'est marrée et a demandé à Simon s'il avait de la musique.

Nathalie a répondu qu'elle avait mal au crâne.

Ambiance.

Ensuite Lola a demandé si quelqu'un avait du vernis pour ses ongles de pied. Une fois, deux fois, pas de réponse. Finalement notre pharmacien lui a tendu un petit flacon rouge :

— Tu fais bien attention aux coussins, hein ?

Nous sommes arrivés en pleine cambrousse, Nathalie tenait la carte et Simon en prenait pour son grade. À un moment, il a dit :

— Donne cette putain de carte à Garance. C'est la seule qui ait le sens de l'orientation dans cette foutue famille !

Derrière, on s'est regardées en fronçant les sourcils. Deux gros mots dans la même phrase et un point d'exclamation au bout... ça n'allait pas fort...

Peu avant d'arriver au castel de la tante Paule, Simon nous a dégoté un petit chemin bordé de mûres. Nous nous sommes jetées dessus en évoquant les charmilles de notre enfance avec des trémolos dans la voix... Nathalie, qui n'avait pas bougé son cul de la voiture, nous a rappelé que les renards pissaient dessus.

Mea culpa, mea maxima culpa, je me suis un peu énervée :

— Mais c'est des conneries, ça ! C'est boulchit et compagnie ! Les renards, ils ont toute la nature pour pisser ! Tous les chemins, tous les talus, tous les arbres et tous les champs alentour et il faudrait qu'ils viennent pisser là ? Exactement sur nos mûres ? C'est vraiment n'importe quoi !

Pardon. Mea culpa. C'est ma faute. C'est ma très grande faute. Je m'étais promis de bien me tenir, je m'étais promis de rester calme et infiniment zen. Encore ce matin, dans la glace, je me suis prévenue en agitant l'index : Garance, pas d'histoire avec Nat', hein ? Mais là j'ai craqué. Je suis désolée. Toutes mes confuses. Elle me gonfle trop. Je ne peux pas la supporter. Encore une réflexion et je lui fais bouffer le sombrero de Lola. Elle me gonfle trop.

Elle a dû sentir le vent du boulet car elle a fermé la portière et mis le moteur en marche pour la clim'.

Ça aussi, ça m'énerve, les gens qui ne coupent pas le moteur à l'arrêt pour avoir chaud aux pieds ou froid à la tête, mais bon, passons. On reparlera du réchauffement de la planète un autre jour. Elle s'était enfermée, c'était déjà ça. Soyons positifs.

Simon se dégourdissait les jambes pendant que nous nous changions. J'avais donc acheté un magnifique sari passage Brady, juste à côté de chez moi. Il était turquoise, rebrodé de fil d'or avec des perles et des petits grelots dans tous les sens. J'avais une petite brassière à emmanchures, une longue jupe droite très moulante et très fendue et une espèce de grand tissu pour enrober tout ça.

Magnifique.

Des boucles en argent, dix bracelets au poignet droit et presque autant au gauche.

— Ça te va bien, décréta Lola. C'est incroyable. Il n'y a que toi qui puisses te permettre ça... Tu as un si joli ventre, si plat, si musclé...

— Hé, fis-je radieuse, sixième sans ascenseur...

— Tu me boutonnes?

Lola portait pour la énième fois sa robe en lin noir. Très sobre. Long décolleté en V et mille miniboutons de soutane dans le dos.

— Tu n'as pas fait de frais pour le mariage de Claire, constatai-je.

Elle s'est retournée en souriant :

— Hé?

— Quoi?

— Dis un prix pour le chapeau.

— Mille balles?

Elle a haussé les épaules.

— Combien?

— Je peux pas te le dire, gloussa-t-elle, c'est trop horrible.

— Arrête de te marrer, idiote, je n'arrive pas à choper les boutonnières...

C'était l'année des mules, les miennes étaient plates, les siennes un peu cambrées.

Simon a frappé dans ses mains :
— Allez les Blue Bell Girls, en voiture...

En me tenant au bras de ma sœur pour ne pas trébucher, j'ai marmonné :
— Je te préviens, si l'autre morue me demande si je vais à un bal costumé, je lui fais bouffer ton chapeau.

Nathalie n'a pas eu l'occasion de dire quoi que ce soit parce que je me suis relevée au moment de m'asseoir. Ma jupe était trop étroite et j'ai dû l'enlever pour ne pas la craquer.

Nous nous sommes maquillées dans mon poudrier pendant qu'elle vérifiait la hauteur de ses clips dans son miroir de courtoisie.

Simon nous a suppliées de ne pas nous par-
fumer toutes les trois en même temps.

Nous sommes arrivés à Pétaouchnoque
dans les temps. J'ai enfilé ma jupe derrière la
voiture et nous nous sommes rendus sur la
place de l'église sous les yeux médusés des
Pétaouchnoquiens aux fenêtres.

La jolie jeune femme en rouge qui discutait
là-bas avec l'oncle Jean, c'était notre maman.
Nous lui avons sauté au cou en prenant garde
aux marques de ses baisers.

Diplomate, elle a d'abord embrassé sa
belle-fille en la complimentant sur sa tenue,
puis elle s'est tournée vers nous en riant :

— Garrrance... Superbe... Il ne te manque
que le point rouge au milieu du front.

— Manquerait plus que ça, a lâché Nathalie avant de se précipiter sur le pauvre oncle
Jean, on n'est pas au carnaval quand même...

Lola a fait mine de me tendre son chapeau
et nous avons éclaté de rire.

Maman s'est tournée vers Simon :

— Elles ont été insupportables comme ça
tout le trajet ?

— In-su-ppor-tables, il a répété gravement.

Il a ajouté :

— Et Vincent ? Il n'est pas avec toi ?

— Non. Il travaille.

— Il travaille où ?

— Eh bien, toujours dans son château...

Simon a perdu dix centimètres d'un coup.

— Mais... Je croyais... enfin il m'avait dit qu'il venait...

— J'ai essayé de le persuader, ajouta maman, mais rien à faire.

Notre frère a soupiré.

— J'avais un cadeau pour lui... Un vinyle introuvable. J'avais envie de le voir en plus... Je ne l'ai pas vu depuis Noël... Oh, je suis tellement déçu... Je vais boire un café, tiens.

Lola a dit :

— Il n'est pas en forme notre Monmon...

— Tu m'étonnes, ai-je murmuré en matant miss Rabat-Joie qui bisouillait toutes nos vieilles tantes, tu m'étonnes...

— En tout cas, vous mes filles, vous êtes superbes ! Vous allez nous le remonter, vous allez le faire danser votre frère ce soir, n'est-ce pas ?

Et elle s'est éloignée pour assurer les civilités d'usage.

Nous suivions du regard cette petite femme menue. Sa grâce, son allure, son pep's, son élégance, sa classe...

La Parisienne...

Le visage de Lola s'est rembruni. Deux petites filles couraient rejoindre le cortège en riant.

— Bon, elle a dit, je crois que je vais aller rejoindre Simon, moi...

Et je suis restée comme une idiote, plantée au milieu de la place.

Pas pour longtemps tu me diras, parce que notre cousine Christine s'est approchée en caquetant :

— Hé, Garance ! Mais tu vas à un bal costumé ?

J'ai souri comme j'ai pu en me gardant bien de commenter son tailleur vert pomme acheté au Promod de Besançon.

Quand elle s'est éloignée, c'est la tante Geneviève qui s'y est collée :

— Mon Dieu, mais c'est bien toi ma petite Clémence ? Mon Dieu, mais qu'est-ce que c'est que cette chose dans ton nombril ? Ça ne te fait pas mal au moins ?

Bon, je me suis dit, je vais aller rejoindre Simon et Lola au café, moi...

Ils étaient tous les deux en terrasse, deux demis à portée de main, la tête renversée et les jambes allongées loin devant.

Je me suis assise dans un « crac » et j'ai commandé la même chose qu'eux.

Ensoleillés et heureux, nous regardions les bonnes gens sur le pas de leur porte qui glosaient sur les bonnes gens devant l'église. Merveilleux spectacle.

— Hé, ce serait pas la nouvelle femme de Xavier, là ?

— La petite brune ?

— Nan, la blonde à côté des Delmas...

— Dis donc, elle est encore plus moche que l'autre... Mate le sac...

— Faux Dior.

— Exact. Faux Dior du Sentier...

On aurait pu continuer comme ça encore longtemps si Nathalie n'était pas venue nous chercher :

— Vous venez ? Ça va commencer...

— On arrive, on arrive, a dit Simon, je termine ma bière.

— Mais si on n'y va pas tout de suite, gémit-elle, on sera mal placés et je ne verrai rien...

— Vas-y, vas-y, je te rejoins.

— Tu te dépêches, hein ?

Elle était déjà à quinze mètres, quand elle a crié :

— Passe au Félix Potin d'en face pour acheter du riz !

Elle s'est encore retournée :

— Pas du trop cher, hein ? Prends pas de l'Oncle Ben's comme la dernière fois ! Pour ce qu'on en fait, c'est du gâchis...

— Ouais, ouais... il a bougonné dans sa barbe.

On a aperçu la mariée au loin au bras de son papa. On a compté les retardataires et sermonné l'enfant de chœur qui courait comme un dératé, l'aube en vrac sur son survêt' Adidas.

Quand les cloches se sont tues et que les autochtones sont retournés à leurs toiles cirées, Simon a dit :

— J'ai envie de voir Vincent.

— Même si on l'appelle maintenant, a répondu Lola en soulevant son sac, le temps qu'il vienne...

Un gamin en pantalon de flanelle est passé à ce moment-là, Simon l'a alpagué :

— Hep ! tu veux gagner cinq parties de flipper ?

— Ouais.

— Alors retourne suivre la messe et viens nous chercher à la fin du sermon.

— Vous me donnez l'argent tout de suite ? Les gamins d'aujourd'hui sont incroyables...

— Tiens, jeune escroc. Et pas de blagues, hein ? Tu viens nous chercher ?

— J'ai le temps d'en faire une maintenant ?

— Allez vas-y, a soupiré Simon, et après, direction les orgues...

— OK.

On est restés encore un moment comme ça et puis il a ajouté :

— Et si on allait le voir ?

— Qui ?

— Ben, Vincent !

— Mais quand ? j'ai dit.

— Maintenant.

— Maintenant ?

— Tu veux dire : maintenant ? a répété Lola.

— Tu dérailles ? Tu veux prendre la voiture et partir maintenant ?

— Ma chère Garance, je crois que tu viens de résumer parfaitement ma pensée...

— Tu es fou, a dit Lola, on ne va pas partir comme ça ?

— Et pourquoi pas ? (Il cherchait de la monnaie dans sa poche.) Allez, vous venez les filles ? Levez-vous. On se casse, je vous dis. On se tire, on se fait la belle, on met les bouts, on prend la poudre d'escampette.

— Et Nathalie ?

Il a sorti un stylo de sa veste et retourné son sous-bock.

« Nous sommes partis visiter le château de Vincent. Je te confie Nathalie. Ses affaires sont devant ta voiture. »

— Hé petit ! Changement de programme. Tu n'es pas obligé d'aller à la messe, mais tu donneras ça à la dame habillée en rouge qui s'appelle Maud, compris ?

— Compris.

— T'en es où ?

— Deux extra-balls...

— Répète ce que je viens de dire.

— Je donne le carton de bière à une dame en rouge qui s'appelle Maud.

— Tu la guettes et tu lui donnes quand elle sort de l'église.

— OK, mais ce sera plus cher...

Il se marrait.

— T'as oublié le vanity...

— Houps, demi-tour. Ça, elle ne me le pardonnerait jamais...

J'ai posé le vanity Samsonite sur le sac Lancel et nous avons redémarré dans un nuage de poussière comme si nous venions de braquer une banque.

Au début, on n'osait pas parler. On était quand même un peu émus et Simon regardait dans son rétro toutes les dix secondes.

On s'attendait peut-être à entendre les sirènes d'une voiture de police lancée à nos trousses par une Nathalie folle de rage et la bouche pleine d'écume. Mais non, rien. Calme plat.

Lola était assise devant et je m'étais accoudée entre eux deux. Chacun attendait que son voisin brise la glace.

Simon a mis la radio.

Le grand Yves chantait :

« Je m'en allais, clopin, clopan, dans le soleil et dans le vent... »

C'était trop beau pour être vrai. C'était un signe, c'était le doigt de Dieu et nous avons repris tous en chœur « CLO-PIN-CLO-PANT » pendant que Simon zigzaguait sur la D114 en dénouant sa cravate.

J'ai remis mon short et Lola m'a tendu son chapeau pour que je le pose à côté de moi.

Au prix où elle l'avait payé, elle était un peu déçue.

— Bah... je lui ai dit pour la réconforter, tu le mettras à mon mariage...

Ricanement dans l'habitacle.

L'ambiance était revenue. Nous venions d'éjecter l'Alien hors du vaisseau spatial.

Il ne nous restait plus qu'à récupérer le dernier membre d'équipage.

Je cherchais le bled de Vincent sur la carte et Lola faisait le DJ. On avait le choix entre Radio bleue Berry Sud et Autoroute FM. Rien de très excitant mais quelle importance ? Nous tchatchions comme des folles.

— Je ne t'aurais jamais cru capable d'une chose pareille, finit-elle par dire en se tournant vers notre chauffeur.

— Moi non plus, a-t-il répondu en riant.

— Qu'est-ce qu'il y a ?
— Tu n'as pas vu ?
— Vu quoi ?
— Le chien !
— Mort ?
— Non. Abandonné.

— Hé ! ne te mets pas dans un état pareil...

— C'est parce que j'ai vu son regard, tu comprends ?

Ils ne comprenaient pas.

Quand nous sommes arrivés, la dernière visite venait de commencer.

Un jeune type blanc comme une endive nous a conseillé de rejoindre le groupe au premier étage.

Il y avait là quelques touristes égarés, des femmes à la cuisse molle, des gamins ronchons et des hommes distraits. Tous s'étaient retournés en nous entendant arriver.

Vincent, lui, ne nous avait pas vus. Il était de dos et commentait ses mâchicoulis avec une fougue que nous ne lui connaissions pas.

Premier choc : il portait un blazer auquel il manquait un bouton, une chemise blanche élimée, un petit foulard rentré dans le col et un pantalon douteux. Il était rasé de près et ses cheveux étaient gominés en arrière.

Deuxième choc : il racontait n'importe quoi.

Ce château était dans la famille depuis plusieurs générations. Aujourd'hui, il y vivait seul en attendant de fonder un foyer et de remettre les douves en état. C'était un endroit maudit puisqu'il avait été bâti en cachette pour la maîtresse du troisième bâtard de François Ier, une certaine Isaure de Haut-Brébant qui était un peu sorcière à ses heures.

Encore aujourd'hui, mesdames messieurs, les nuits où la lune est rousse dans le premier décan, on entend des bruits fort étranges, des espèces de râles monter des caves, celles-là mêmes qui faisaient office de geôles autrefois.

En aménageant la cuisine actuelle que vous verrez tout à l'heure, mon grand-père a retrouvé des ossements datant de la guerre de Cent Ans et quelques écus frappés du sceau de Saint Louis. À votre gauche, une tapisserie du XIIe siècle, à votre droite, un portrait de la fameuse courtisane. Notez le grain de beauté sous l'œil gauche, signe incontestable de quelque malédiction divine.

Vous ne manquerez pas d'admirer la magnifique vue depuis la terrasse. Les jours de grand vent, on aperçoit Chambord.

Par ici, s'il vous plaît.

Pincez-moi, je rêve.

Les touristes regardaient attentivement le grain de beauté de la sorcière et lui demandaient s'il n'avait jamais peur la nuit.

— Parbleu, mais c'est que j'ai de quoi me défendre !

Il désignait les armures, hallebardes, arbalètes et autres massues accrochées dans l'escalier.

Les gens acquiesçaient gravement et les caméscopes se levaient.

Mais qu'est-ce que c'était que ce délire ?

Quand nous sommes passés devant lui en quittant la pièce, son visage s'est illuminé. Oh rien que de très discret. Un léger signe de tête. L'ébauche d'un clin d'œil.

La marque des Grands.

Nous pouffions entre les heaumes et les arquebuses pendant qu'il continuait à pérorer sur les difficultés qu'engendrait l'entretien d'une telle bâtisse. Quatre cents mètres carrés de toiture, deux kilomètres de gouttière, trente pièces, cinquante-deux fenêtres et pas de tout-à-l'égout.

D'où la difficulté de trouver une fiancée...

Les gens riaient.

Ici un portrait très rare du comte de Dunois, notez les armoiries que vous retrouverez sculptées sur le fronton du grand escalier dans l'angle nord-ouest de la cour.

Nous entrons maintenant dans une chambre à alcôve aménagée au XVIIIe par ma trisaïeule la marquise de la Lariotine qui venait chasser à courre dans les environs. Attention madame, c'est fragile. Par contre, je vous conseille de jeter un coup d'œil dans le petit cabinet de toilette. Les brosses, boîtes à sels et les pots à onguent sont d'origine... Non, ça mademoiselle, c'est un pot de chambre début XXe et ceci un bac pour recueillir l'humidité.

Nous arrivons maintenant devant la plus belle partie du château, l'escalier à vis de l'aile nord avec sa superbe voûte en berceau annulaire. Pur chef-d'œuvre de la Renaissance.

Merci de ne pas toucher car le temps fait son Grand Œuvre et mille doigts valent plus qu'un coup de ciseau..

J'hallucinais.

Je ne peux malheureusement pas vous montrer la chapelle qui est actuellement en cours de rénovation, mais je vous conseille de ne pas quitter ma modeste demeure sans avoir effectué un tour dans le parc où vous ne manquerez pas de ressentir les étranges vibrations que dégagent ces pierres, destinées, je vous le rappelle, à abriter les amours d'un presque roi pris dans les filets d'une troublante jeteuse de sorts...

Murmures dans l'assemblée.

Pour ceux qui le souhaitent, cartes postales, photos souvenirs en armure et cabinets d'aisances à la sortie du parc. Merci.

En vous souhaitant une bonne journée, je me permets, messieurs dames, de vous rappeler de ne pas oublier le guide. Que dis-je le guide, le pauvre forçat de cette demeure, l'esclave privilégié, qui ne vous demande pas l'aumône mais de quoi subsister jusqu'à la saison nouvelle.

Merci.

Merci madame.

Merci monsieur.

Nous avons suivi le groupe pendant qu'il se retirait par une porte dérobée.

Les manants étaient sous le charme.

Nous avons fumé une cigarette en l'attendant.

Le type de l'entrée harnachait les gamins dans une armure cabossée et les prenait en photo avec l'arme de leur choix.

Vingt francs le pola.

Kevin, fais attention, tu vas éborgner ta sœur !

Le type était super zen ou super stone ou super neuneu. Il s'activait lentement et semblait totalement dénervé. La gitane maïs au coin du bec et la casquette des Raging Bull's à l'envers, c'était assez étrange comme vision.

Un peu *Fantasia chez les ploucs...*

Kevin, ça suffit !!

Une fois les gens partis, super Neuneu a pris un râteau et s'est éloigné en mâchant son clopos.

On commençait à se demander si le marquis de la Lariotine daignerait comparaître.

Je ne cessais de répéter « j'hallucine » en secouant la tête.

Simon s'intéressait au pont-levis et Lola respirait des roses.

Vincent est arrivé en souriant. Il portait maintenant un jean noir et un polo gris.

— Hé, mais qu'est-ce que vous foutez là ?!
— On s'ennuyait de toi...
— Ah ? C'est sympa.
— Ça va ?
— Super ! Mais vous ne deviez pas aller au mariage de Claire... ?
— On s'est trompés de chemin.
— Je vois...

C'était bien lui. Cool, gentil. Pas plus ému que ça de nous voir mais content quand même.

Notre Pierrot lunaire, notre Martien, notre petit frère, notre Vincent à nous.

C'était cool.

— Alors, fit-il en écartant les bras, qu'est-ce que vous pensez de mon petit camping ?

— Mais qu'est-ce que c'est que toutes ces conneries ? lui ai-je demandé.

— Quoi ? Les trucs que je raconte, là ? Oh... Non, mais ce n'est pas que des conneries. Elle a bien existé la Isaure, c'est juste que... enfin, je ne suis pas bien sûr qu'elle soit venue par ici quoi... D'après les archives, elle serait plutôt du bled d'à côté mais comme il a brûlé le château d'à côté... Fallait bien qu'on lui retrouve un petit logis, pas vrai ?

— Non, mais le truc de tes ancêtres, et ton look d'aristo et tous ces gros bobards que tu leur as racontés tout à l'heure ?

— Ah... ça... ? Mais mettez-vous à ma place... ! Je suis arrivé début mai. La vioque m'a dit qu'elle partait en cure et qu'elle me réglerait mon premier mois en revenant, depuis, plus de nouvelles. Disparue la mémé.

On est fin août et j'ai toujours rien vu venir. Ni châtelaine, ni feuille de paye, ni mandat, ni rien...

» Il faut bien que je croûte, moi! C'est pour ça que j'ai dû inventer tout ce pipeau. J'ai que les pourboires pour vivre et les pourboires, ils ne viennent pas comme ça. Les gens, ils en veulent pour leur argent et comme tu vois, c'est pas vraiment Disneyland ici, alors Bibi y sort le blazer et la chevalière et y monte au créneau...

— C'est dément.

— Hé ma p'tite dame, y faut c'qu'y faut...

— Et lui, là?

— Lui, c'est Nono. Il est payé par la commune.

— Il est euh... il est clair?

Vincent a redit:

— C'est Nono. Si tu comprends le Nono, ça va. Sinon c'est dur.

— Mais qu'est-ce que tu fais toute la journée?

— Le matin, je dors, l'après-midi j'assure les visites et la nuit c'est pour ma musique.

— Ici?

— Dans la chapelle... Je vous montrerai...

— Et vous ? Qu'est-ce que vous faites ?

— Ben, euh... rien. On voulait t'inviter au restau...

— Quand ? Ce soir ?

— Ben oui, gros malin ! Pas la semaine prochaine !

— Nan, mais ce soir, ça va pas être possible, y a Nono qui marie sa sœur justement et je suis invité...

— Hé, tu nous le dis si on te dérange, hein ?

— Je plaisante, je plaisante, on va arranger ça... Hé Nono !

L'autre s'est retourné lentement.

— Tu crois que ça gêne, si mon frère et mes sœurs viennent ce soir ?

Il nous a dévisagés longuement et puis il a demandé :

— C'est ton frangin ?

— Ouais.

— Et elles ? C'est tes frangines ?

— Ouais.

— Elles sont encore vierges ?

— Hé, mais Nono, c'est pas de ça qu'on parle ! Nono, merde... Tu crois qu'ils peuvent venir ce soir ?

— Qui ?

— Oh putain... il va me tuer ce mec... Ben eux !
— Venir où ?
— Au mariage de ta sœur !
— Bien sûr. Pourquoi tu me demandes ?
Il m'a désignée du menton et il a ajouté :
— Elle viendra aussi, elle ?

Vincent était accablé.
— Il me tue... La dernière fois, je sais pas ce qu'il a foutu mais il y a un gamin qui est resté coincé dans l'armure et on a dû appeler les pompiers... Arrêtez de vous marrer, on voit bien que c'est pas vous qui vous le cognez tous les jours...
— Pourquoi tu vas au mariage de sa sœur alors ?
— Je ne peux pas faire autrement... Et puis sa mère me donne plein de bonnes choses à manger, des terrines, des légumes de son potager, des saucissons... Sans elle, je n'aurais pas pu tenir...
J'hallucinais.
— Bon, ben c'est pas le tout, il faut que je compte la caisse, que je nettoie les chiottes, que j'aide l'autre taré à ratisser les allées et que je ferme toutes les portes...
— Y'en a combien ?

— Dix-huit.

— On va t'aider...

— C'est sympa. Tenez, là il y a un autre râteau et pour les chiottes, on prend le jet d'eau...

On a relevé les manches de nos beaux habits et on s'est mis au boulot.

— Je crois que c'est bon là... Vous voulez aller vous baigner ?

— Où ça ?

— Il y a une rivière en bas...

— Elle est propre ? a demandé Lola.

— Ça va.

On n'était pas très chaudes.

— T'y vas, toi ?

— Tous les soirs.

— Alors on t'accompagne...

Simon et Vincent marchaient devant.

— J'ai un 33 des MC5 pour toi.

— C'est pas vrai ?

— Hé si.

— Premier pressage ?

— Hé oui.

— Super. Comment t'as fait pour trouver ça ?

— Rien n'est trop beau pour vous, monseigneur...

— Tu te baignes ?

— Bien sûr.

— Hé, les filles ? Vous vous baignez ?

— Pas tant que l'autre obsédé est dans les parages, ai-je murmuré à l'oreille de Lola.

— Non, non, on vous regarde !

— Il est là, je le sens... Il nous mate derrière les feuillages.

Lola se marrait.

— J'hallucine, je te jure...

— On a compris que t'hallucinais, on a compris. Allez assieds-toi.

Lola avait sorti le *Voici* de mon sac et cherchait notre horoscope.

— Tu es bien Sagittaire, toi ?

— Oui, fis-je en me retournant prestement pour faire fuir l'onaniste Nono.

— Alors... Tu m'écoutes ?

— Oui.

— « Soyez sur vos gardes. En cette période dominée par Vénus en Lion, tout peut arriver. Qui sait ?

Une rencontre, le grand Amour ? Celui que vous attendiez est tout proche. Assumez votre charme et votre sex-appeal et, surtout, soyez ouverte à toute opportunité. Votre caractère bien trempé vous a souvent joué de mauvais tours. Il est temps d'assumer vos sentiments... »

Lola était morte de rire.

— Nono, reviens ! Elle est là...

J'avais posé ma main sur sa bouche.

— N'importe quoi. Je suis sûre que tu viens de tout inventer...

— Pas du tout ! Regarde toi-même.

Je lui ai arraché ce torchon des mains.

— Montre...

— Là, regarde. *Dominée par Vénus en Lion,* je n'invente rien...

— N'im-por-teu-quoi...

— Hé, hé... Si j'étais toi, je me tiendrais sur mes gardes quand même...

— Pff... C'est que des conneries ces trucs-là...

— Tu as raison, voyons plutôt ce qui se passe chez les Grimaldi...

— Attends, ne me dis pas que ce sont ses vrais seins, là ?

— En effet, je ne dirais pas ça...

Vincent nous a fait visiter ses appartements privés dans les communs.

Sommaires.

Il avait descendu un lit du premier étage, où il faisait trop chaud, et avait établi ses quartiers dans les écuries.

Comme par hasard, il avait choisi la stalle de « Joli Cœur » entre « Polka » et « Ouragan »...

Il était sapé comme un milord. Boots impeccablement cirés. Pur costard des années 70 couleur blanc cassé. Liseré marron autour du col et le long des jambes. Taille basse et chemise géranium à col pointu.

Sur n'importe qui, c'eût été ridicule, sur lui, c'était classieux.

Il est passé prendre sa guitare dans la chapelle. Simon a pris le cadeau dans son coffre et nous sommes descendus au village.

La lumière du soir était très belle. Tout était ocre et rose. Vincent nous a demandé de nous retourner pour admirer son donjon. Une splendeur.

— Vous vous moquez...

— Pas du tout, pas du tout... fit Lola, toujours soucieuse de l'Harmonie Universelle.

Simon s'est mis à entonner :

— Ô Mon châtôôôôôôôôô, c'est le plus bôôôô des châtôôôôôôôôô...

Simon chantait, Vincent riait et Lola souriait. Nous marchions tous les quatre au milieu d'une chaussée toute chaude à l'entrée d'un petit village de Maine-et-Loire. Il flottait dans l'air une odeur de goudron et de foin coupé. Les vaches nous regardaient et les oiseaux s'appelaient à table.

Quelques grammes de douceur.

Lola et moi avions remis chapeau et déguisement.

Pas de raison.

Un mariage, c'est un mariage.

Enfin, c'est ce que nous nous disions jusqu'à ce que nous arrivions à destination...

Nous sommes entrés dans une salle des fêtes surchauffée qui sentait encore la sueur et la vieille basket. Les tatamis étaient empilés dans un coin et la mariée était assise sous un panier de basket.

Tablées façon banquet d'Astérix et zizique à plein volume.

Une grosse dame tout empaquetée de frou-frous s'est précipitée sur Vincent :
— Ah ! Le voilà ! Viens mon fils, viens ! Nono m'a dit que tu étais en famille... Venez tous, venez par là !... Oh qu'ils sont beaux ! Quel beau chapeau ! Et elle, comme elle est mince la petite !... Installez-vous, mangez les enfants, mangez bien. Il y a tout ce qu'il faut. Demandez à Gérard qu'il vous apporte un cubi...

Vincent n'arrivait plus à se dépêtrer de ses bisous.
— On va peut-être dire bonjour à la mariée quand même...
— C'est ça, donnez-lui le bonjour et voyez si vous trouvez Gérard....

— C'est quoi ton cadeau ? ai-je demandé à Simon.

Il ne savait pas.

Nous avons embrassé la mariée à tour de rôle.

Le marié était rouge comme une pivoine et il regardait d'un drôle d'œil le superbe plateau à fromages de chez Christofle que sa femme venait de déballer. C'était un plateau rond avec des feuilles de vigne moulées dans du Plexiglas.

Il n'avait pas l'air convaincu.

Nous nous sommes assis à un bout de table, accueillis à bras ouverts par les deux tontons de la mariée qui étaient déjà bien partis.

— Gé-rard ! Gé-rard ! Gé-rard ! Hé, les gosses ! Allez chercher à manger pour nos amis ! Gérard ! Où qu'il est passé nom de Dieu ?

Gérard est arrivé avec son cubi et la fête a commencé.

Après la macédoine dans sa coquille Saint-Jacques, le méchoui dans ses frites, le fromage de chèvre (prononcer chieub') dans sa feuille de vigne et les trois parts de vacherin, tout le monde s'est poussé pour laisser la place à Guy Macroux et son orchestre.

Nous étions comme des bienheureux. L'oreille aux aguets et les mirettes grandes ouvertes. À droite, la mariée ouvrait le bal avec son père, à gauche les tontons commençaient à se bastonner méchamment à propos du nouveau sens interdit devant la boulangerie Pidoune.

Tout cela était assez exotique.

Guy Macroux avait un faux air de Dario Moreno.

Petite moustache au Régé Color, gilet flamboyant et voix de velours.

Aux premières mesures d'accordéon, tout le monde était en piste.

« Ce qui lui va, c'est un p'ti cha-cha-cha- Ah !
Ce qui lui faut c'est un pas de mambo- Oh !
Allez, tous ensemble :
La la la la... la la la la la la...
À vous :

La la la la... la la la la la la...
Tous ensemble :
Tigidi poïpoï. »

Lola et moi étions déchaînées et j'ai dû rouler ma jupe pour suivre le rythme.

Les garçons, comme d'habitude, ne dansaient pas. Vincent baratinait une demoiselle aux joues roses et Simon écoutait les souvenirs de mildiou d'un vieux pépé.

Lola est venue me rejoindre dehors for the moon light cigarette.

Elle était suivie d'un type un poil collant qui voulait la réinviter à danser.

Chemisette façon hawaïenne, pantalon de viscose, chaussettes blanches avé la rayure-tennis et mocassins tressés.

Un charme fou.

Et, et, et, j'allais oublier... Le fameux harnais en cuir noir avec les poches poitrine ! Trois poches à gauche et deux à droite. Plus le couteau à la ceinture. Plus le portable sous sa housse. Plus la boucle d'oreille. Plus les sun-glassizes. Plus la chaîne pour retenir le portefeuille. Moins le fouet.

Indiana Jones en personne.

— Tu me présentes ?

— Euh... oui... Donc, euh... ma sœur Lola et euh...

— T'as d'jà oublié mon prénom ?

— Euh... Jean-Pierre ?

— Michel.

— Ah, oui, Michel ! Michel Lola, Lola Michel...

— Salut !

— Salut...

— Vous êtes sœurs ? Marrant vous vous ressemblez pas du tout... Vous êtes sûres qu'y en a pas une qu'est du facteur ?

Arf arf arf.

Quand il s'est éloigné, Lola a secoué la tête :

— Je n'en peux plus. Je me suis dégoté le plus lourd du canton... En plus il me raconte que des blagues plus nazes les unes que les autres. C'est une calamité, ce mec...

— Tais-toi, il raboule...

— Hé tu connais celle du mec qu'a cinq bites ?

— Euh... non. Je n'ai pas cette chance.

— Donc c'est un mec, il a cinq bites.

Silence.

— Et alors ? je demande.

— Alors son slip lui va comme un gant !

Au secours.

— Et celle du mec qui entoure son hamster de chatterton tu la connais ?

— Non. Mais je n'ai pas envie que tu me la racontes parce qu'elle est trop crade.

— Ah bon ? Ah ben tu la connais alors ?

— Euh, dis-moi Jean-Michel, il faut que je parle un peu avec ma sœur, là...

— C'est bon, c'est bon, j'me casse... à ta'l'heure...

— Ça y est ? Il est parti ?

— Oui mais y a Toto qui prend sa place.

— C'est qui Toto ?

Nono s'était assis sur une chaise en face de nous. Sainte Lola lui a fait un petit sourire pour qu'il se sente à l'aise.

Genre : Coucou Nono, nous sommes tes nouveaux amis...
— Vous êtes encore vierges ? il a demandé.

Décidément, c'était une manie.

Sœur Sourire ne s'est pas démontée :
— Alors comme ça, c'est vous le gardien du château ?
— Toi, ta gueule. C'est à celle qu'a les gros nichons que je parle.
Bon.

Heureusement Simon et Vincent sont arrivés à ce moment-là.
— On s'éclipse ?
— Bonne idée.
— Je vous rejoins, je vais chercher ma grat'.

« *Tout l'amoullllll que j'ai poulllll touââââ.... Wap dou ouap* »
La voix de Guy Macroux résonnait dans tout le village et nous dansions entre les voitures.

— On va où, là ?

Vincent contournait le château et s'enfonçait dans un chemin sombre.

— Boire un dernier verre, une sorte d'*after* si vous préférez... Vous êtes fatiguées les filles ?

— Et Nono ? Il nous a suivis ?

— Mais non... Alors ? Vous venez ?

C'était un camp de Gitans. Il y avait une vingtaine de caravanes plus longues les unes que les autres, de gros camions blancs, du linge, des couettes, des vélos, des gamins, des bassines, des pneus, des machines, des faitouts, des chiens et même un petit cochon noir.

Lola était horrifiée :

— Il est plus de minuit et les gamins ne sont pas couchés... Pauvres gosses...

Vincent riait.

— Tu trouves qu'ils ont l'air malheureux, toi ?

Ils riaient, couraient dans tous les sens et se précipitaient sur Vincent. Ils se battaient pour porter sa guitare et les petites filles nous donnaient la main. Mes bracelets les fascinaient.

— Ils vont aux Saintes-Maries-de-la-Mer... J'espère qu'ils seront repartis avant le retour de la vioque parce que c'est moi qui leur ai dit de s'installer ici...

— On dirait le capitaine Haddock dans *Les Bijoux de la Castafiore*, ricana Simon.

Un vieux Rom l'a pris dans ses bras.

— Alors fils, te voilà !

Il s'en était trouvé des familles le petit père Vincent... Pas étonnant qu'il snobe la nôtre.

Après, c'était comme dans un film.

Les vieux chantaient des chansons tristes à mourir qui vous retournaient la bidoche et vous donnaient envie de pleurer. Les jeunes frappaient dans leurs mains et les femmes dansaient autour du feu. La plupart étaient grosses et mal fagotées mais, quand elles bougeaient, tout ondulait autour d'elles.

Les gosses continuaient de courir partout et les mémés regardaient la télé en berçant des nourrissons. Presque tous les gamins avaient des dents en or et souriaient largement pour nous les montrer.

Vincent était au milieu d'eux comme un coq en pâte, il jouait en fermant les yeux, juste un peu plus concentré que d'habitude pour tenir la distance.

Les vieux avaient des ongles comme des serres et leur guitare était un peu creusée à l'endroit où ils la griffaient.

Tdzouing tdzouing toc toc.

Même si on ne comprenait rien, il n'était pas difficile de deviner les paroles...

Ô mon pays, où es-tu ?

Ô mon amour, où es-tu ?

Ô mon ami, où es-tu ?

Ô mon fils, où es-tu ?

Avec quelques variantes :

J'ai perdu mon pays, je n'ai que des souvenirs.

J'ai perdu mon amour, je n'ai que des souffrances.

J'ai perdu mon ami, je chante pour lui.

C'était très, très beau.

Une vieille nous servait du vin chaud épicé.

À peine avions-nous fini notre verre qu'elle revenait à l'assaut.

Lola avait les yeux brillants, elle tenait deux gamines sur ses genoux et frottait son menton sur leurs cheveux. Simon me regardait en souriant.

Nous en avions fait du chemin depuis ce matin, tous les deux...

Houps, revoilà la mémé hilare avec son vin chaud...

— Vous les filles, vous n'avez qu'à dormir dans le lit d'Isaure...

— Avec les râles qui montent des anciennes geôles ? Non merci.

— Mais c'est des conneries tout ça...

— Et l'autre détraqué qui a les clefs ! Pas question ! On dort avec vous !

— Okay, okay, t'énerve pas Garance...

— Je m'énerve pas ! C'est juste que je suis encore vierge figure-toi !

Fatiguée comme j'étais, j'avais quand même réussi à les faire rire. J'étais assez fière de moi.

Les garçons ont dormi chez « Joli Cœur » et nous chez « Ouragan ».

C'est Simon qui nous a réveillés, il était allé chercher des croissants au village.
— De chez Pidoule ? lui ai-je demandé en bâillant.
— De chez Pidou-ne.

Ce jour-là, Vincent n'a pas ouvert les grilles. « Fermé pour cause de chutes de pierres », avait-il écrit sur un bout de carton.

Il nous a fait visiter la chapelle. Avec Nono, il avait déménagé le piano du château jusque devant l'autel et tous les saints du ciel n'avaient plus qu'à swinguer en rythme.

Nous avons eu droit à un petit concert.

C'était amusant de se retrouver là un dimanche matin. Assis sur un prie-Dieu. Sages et recueillis dans la lumière des vitraux...

Lola voulait visiter le château de fond en comble. J'ai demandé à Vincent de nous refaire son show. Nous étions écroulés de rire.

Il nous a tout montré : l'endroit où la châtelaine vivait, ses gaines, sa chaise percée, le cellier, la cave, les dépendances, la sellerie, le pavillon de chasse et l'ancien chemin de ronde. Simon s'émerveillait de l'ingéniosité des architectes et autres experts en fortifications. Lola herborisait.

J'étais assise sur un banc de pierre et je les observais tous les trois.

Mes frères accoudés au-dessus des douves – Simon devait regretter sa dernière merveille télécommandée – et Lola à genoux au milieu des marguerites et des pois de senteur...

On va mettre ça sur le compte de la fatigue mais je me suis surprise à patauger dans la guimauve. Grosse bouffée de tendresse pour ces trois-là et intuition que nous venions de vivre nos dernières bouffées d'enfance...

Depuis presque trente ans qu'ils me faisaient la vie belle... Qu'allais-je devenir sans eux ? Et quand la vie finirait-elle par nous séparer ?
Puisque c'est ainsi, puisque le temps sépare ceux qui s'aiment et puisque rien ne dure.

Ce que nous vivions là, et nous en étions conscients tous les quatre, c'était un peu de rab, un sursis, une parenthèse, un moment de grâce. Quelques heures volées aux autres...

Pendant combien de temps aurions-nous l'énergie de nous arracher ainsi du quotidien pour faire le mur ? Combien de permissions la vie nous accorderait-elle encore ? Combien de pieds de nez ? Combien de petites grattes ? Quand allions-nous nous perdre et comment les liens se distendraient-ils ?

Encore combien d'années avant d'être vieux ?

Je sais que nous en étions tous conscients. Je nous connais bien.

La pudeur nous empêcherait d'en parler, mais à ce moment précis de nos vies nous le savions pertinemment.

Que nous vivions au pied de ce château en ruine la fin d'une époque et que l'heure de la mue approchait.

Que cette complicité, cette tendresse, cet amour un peu rugueux, il fallait s'en défaire. Il fallait s'en détacher. Il fallait ouvrir la paume et grandir enfin.

Il fallait que les Dalton aussi partent chacun de leur côté dans le soleil couchant...

Bécasse comme je suis, j'en étais presque arrivée à me faire pleurer toute seule quand j'ai vu quelque chose au bout du chemin...

Qu'est-ce que c'était que ce truc ?

Je me suis mise debout en plissant les yeux.

Un animal, une petite bestiole avançait péniblement dans ma direction.

Était-il blessé ? Qu'est-ce que c'était ?

Un renard ?

Un lapin ?

C'était un chien.

C'était incroyable.

C'était le chien que j'avais vu hier par le carreau de la voiture...

C'était le chien dont j'avais croisé le regard à une centaine de kilomètres d'ici.

Non. Ça ne pouvait pas être lui... Mais si pourtant...

J'allais passer dans Trente Millions d'amis, moi !

Je me suis accroupie en lui tendant la main. Il n'avait même plus la force de remuer la queue. Il a encore fait trois pas et s'est écroulé dans mes jambes.

Je suis restée immobile pendant quelques secondes. J'avais les boules : un chien était venu mourir à mes pieds.

Mais non, il a fini par gémir péniblement en essayant de se lécher une patte.

Lola est arrivée, elle a dit :

— Mais d'où il sort ce chien ?

J'ai relevé la tête vers elle et lui ai répondu d'une voix blême :

— J'hallucine.

Nous étions maintenant tous les quatre à ses petits soins. Vincent était parti lui chercher de l'eau, Lola lui préparait un frichti et Simon avait volé un coussin dans le petit salon jaune.

Il a bu comme un trou et s'est affalé dans la poussière. Nous l'avons transporté à l'ombre.

C'était dément comme histoire.

Nous avons préparé de quoi pique-niquer et nous sommes descendus à la rivière.

J'avais la gorge serrée en pensant que le chien serait probablement mort quand nous remonterions...

Les garçons ont calé les bouteilles dans des pierres au bord de l'eau pendant que nous étalions une couverture. Nous nous sommes assis et Vincent a dit :

— Tiens, le revoilà...

Le chien s'était de nouveau traîné jusqu'à moi. Il s'est enroulé contre ma cuisse et s'est rendormi aussitôt.

— Je crois qu'il essaye de te faire comprendre quelque chose, a dit Simon.

Ils riaient tous les trois en se moquant de moi :

— Hé, Garance, ne fais pas cette tête. Il t'aime c'est tout. Allez, souris. Ce n'est pas si grave.

— Mais qu'est-ce que vous voulez que je fasse d'un clébard ? ! Vous me voyez avec un chien dans mon studio minuscule au sixième étage ?

— Tu n'y peux rien, a dit Lola, souviens-toi de ton horoscope... Tu es dominée par Vénus en Lion, il faut te faire une raison... C'est la grande rencontre à laquelle tu devais te préparer. Je t'avais prévenue pourtant...

Ils se marraient de plus belle.

— Vois ça comme un signe du destin, fit Simon, ce chien arrive pour te sauver...

— ... pour que tu mènes une vie plus saine, plus équilibrée, renchérit Lola.

— ... que tu te lèves le matin pour l'emmener pisser et que tu prennes le vert le week-end, ajouta Simon. Que tu mettes un jogging et que tu l'emmènes au bois...

— Pour que tu aies des horaires, pour que tu te sentes responsable, opina Vincent...

J'étais effondrée.

— Pas le jogging, merde...

Vincent qui débouchait une bouteille a fini par dire :

— Il est mignon en plus...

C'est vrai qu'il était mignon.

— Avec tout ce qu'il a fait pour te retrouver, tu n'auras pas le cœur de l'abandonner, j'espère ?

Je me suis penchée pour le regarder.

— Tu vas le mettre à la SPA ?

— Bien sûr que non, ai-je dit en lui caressant les oreilles.

— Regarde ! s'est exclamée Lola, il te sourit !

C'était vrai en plus, il s'était retourné et agitait doucement la queue en levant les yeux vers moi.

Manquait plus que ça... J'étais accablée.

Le petit bourgueil était bien frais. Nous avons mangé des tartines de rillettes longues comme le bras, des tomates, du fromage de chèvre et des poires du verger.

Nous étions bien. Il y avait le glouglou de l'eau, le bruit du vent dans les arbres et le chant étouffé des oiseaux. Le soleil jouait avec les nuages et les ombres se déplaçaient au gré du vent.

Mon chien rêvait en grognant et les mouches nous embêtaient.

Nous avons parlé des mêmes choses qu'à dix ans, qu'à quinze ans ou qu'à vingt ans, c'est-à-dire des livres que nous avions lus, des films que nous avions vus, des musiques que nous avions entendues, des disques que nous rêvions d'écouter, des livres que nous avions l'intention d'acheter, des films que nous voulions revoir, de nos amis, des amis de nos amis et des histoires d'amour que nous avions – ou pas – vécues.

Et de nos parents. De maman et de pop. De leurs nouvelles vies. De leurs amours à eux et de notre avenir à nous. Bref, de ces quelques bricoles et de ces quelques gens qui constituaient notre vie.

Ce n'était pas grand-chose ni grand monde et pourtant... c'était infini.

Simon et Lola nous ont parlé de leurs enfants, de leurs progrès, de leurs bêtises et des phrases qu'ils auraient dû noter quelque part avant de les oublier. Vincent nous a parlé de sa musique et je leur ai parlé de mon nouvel amoureux qui m'appelle mon Bibou. De mon boulot, de mes difficultés à me percevoir comme une juriste. Tant d'années d'études et si peu de passion au bout, c'était déconcertant.

Est-ce que je n'avais pas loupé un aiguillage ? Et où est-ce que ça avait merdé ? Les trois autres m'ont encouragée, m'ont secouée un peu et j'ai fait semblant d'acquiescer à leur gentillesse.

D'ailleurs nous nous sommes tous secoués et nous avons tous fait semblant d'acquiescer.

Parce que la vie, c'est difficile quand même...

Nous étions bien d'accord sur ce point tous les quatre, avec nos grands rêves et nos loyers à payer à la fin du mois...

Du coup, nous avons ouvert une autre bouteille pour nous donner du courage !

Vincent nous a fait rire en nous racontant ces derniers déboires amoureux :

— Attendez, mettez-vous à ma place ! Une fille que je piste pendant deux mois, que j'attends pendant six heures devant sa fac, que j'emmène trois fois au restau, que je raccom-

pagne vingt fois jusqu'à son foyer à Tata-
houine-les-Bains et que j'invite à un concert
de Nathalie Dessay à six cent cinquante balles
la place ! Merde !

— Et il ne s'est toujours rien passé entre
vous ?

— Rien. Nada. Que pouic. Alors merde
quand même ! Six cent cinquante multiplié
par deux ça fait mille trois cents francs ! Vous
imaginez tous les disques que j'aurais pu m'of-
frir avec mille trois cents balles ?

— Mais... tu as essayé de l'embrasser ? ai-je
demandé ingénue.

— Non. Je n'ai pas osé. C'est ça qui est
con...

Fou rire magistral.

— Je sais... je suis timide, c'est bête...

— Elle s'appelle comment ?

— Éva.

— Elle est de quelle nationalité ?

— Elle me l'a dit mais je n'ai pas compris...
Je n'ai pas osé lui redemander...

Trop c'était trop.

Nous avions mal au ventre pendant que
notre Dom Juan ratait ses ricochets...

Puisque nous étions tous réunis, nous en avons profité pour appeler notre pop sur son portable. Il était à la Villette avec ses deux mouflets et nous racontait qu'il leur avait payé vingt tours de manège pour avoir le temps de finir son livre. « Ça s'appelle *Capitaine de Castille* et c'est chez Phébus, vous vous en souviendrez, hein ? s'enthousiasmait-il au téléphone, c'est vachement bien, il faut absolument que vous lisiez ça, toi Simon, tu vas adorer ! Et vous mes puces, ça va ? Oh mes chats, comme c'est gentil d'avoir appelé... Comme vous faites plaisir à votre vieux père... »

Les gosses, les livres et les sentiments... Voilà.

Tout notre pop tient dans cette petite conversation.

Il n'a jamais changé. Ni Mai 68, ni les années fric, ni les années bio, ni les années bug, ni l'âge, ni les femmes, ni les emmerdes ne l'ont entamé d'un iota. Notre pop c'est : les gosses, les livres et les sentiments. Point à la ligne.

Lola a fait la sieste. Les garçons se sont baignés et moi j'ai observé mon chien qui ressuscitait au fur et à mesure que je lui donnais des morceaux de pain recouverts de rillettes.

Il recrachait le pain ce saligaud.

— Comment tu vas l'appeler ?

— Je ne sais pas.

C'est Lola qui a donné le coup d'envoi du départ. Elle ne voulait pas être en retard à cause de ses enfants et déjà nous la sentions fébrile. Plus que fébrile d'ailleurs, fragile...

Vincent m'a tendu une cassette :

— Tiens, depuis le temps que je te l'avais promise...

— Oh merci ! Tu as mis tout ce que j'aime ?

— Non. Pas tout bien sûr. Mais tu verras, elle est bien...

Nous nous sommes embrassés et nous sommes montés dans la voiture. Simon a fait quelques mètres et il a ralenti. Je me suis penchée par la fenêtre en criant :

— Hé, Joli Cœur !

— Quoi ?

— Moi aussi j'ai un cadeau pour toi...

— Qu'est-ce que c'est ?

— Éva.

— Quoi Éva ?

— Elle arrive après-demain par l'autocar de Tours !

Il courait vers nous.

— Qu'est-ce que c'est que ces conneries ? !

— Ce n'est pas des conneries. On l'a appelée tout à l'heure pendant que tu te baignais...

— Menteuses, il était tout blanc, comment vous avez eu son numéro d'abord ?

— On a regardé dans le répertoire de ton portable...

— C'est pas vrai ? !

— Si, c'est vrai !

Il était tout rouge.

— Mais qu'est-ce que vous lui avez raconté ?

— Que tu vivais dans un grand château et que tu lui avais composé un super morceau et qu'il fallait qu'elle l'entende parce que tu allais lui jouer dans une chapelle et que ce serait super romantique...

— Je ne vous crois pas.

— Mais si ! C'est vrai ! ! !

— C'est vrai Simon ?

— Je n'en sais rien mais connaissant ces deux harpies... Tout est possible...

Il était tout rose.

— Sérieux ? Elle arrive après-demain ?

Simon avait redémarré.

— Par l'autocar de dix-huit heures quarante ! a précisé Lola.

— En face de chez Pidoule ! ai-je hurlé.

Quand il a eu complètement disparu du rétroviseur, Simon a dit :

— Garance ?

— Quoi ?

— Pidou-neu.

— Ah oui, pardon. Regarde ! c'est Nono ! Écrase-le !

Nous attendions d'être sur l'autoroute pour écouter la cassette de Vincent.

Lola s'est enfin décidée à demander à Simon s'il était heureux.

— Tu me demandes ça à cause de Nathalie ?

— Un peu...

— Vous savez... Elle est bien plus gentille à la maison... C'est quand vous êtes là qu'elle est pénible. Je crois qu'elle est jalouse... Elle a peur de vous... Elle croit que je vous aime plus qu'elle.

» Et puis vous représentez tout ce qu'elle n'est pas... C'est votre côté primesautier qui la déconcerte. Votre côté demoiselles de Rochefort... Je crois qu'elle est complexée par rapport à vous... Elle a l'impression que vous croquez la vie à pleines dents et que rien ne vous fait peur...

— Si elle savait... fit Lola en s'appuyant contre la vitre.

— Mais elle ne sait pas justement... À côté de vous, elle se sent complètement larguée. C'est vrai qu'elle est fatigante quelquefois... Mais heureusement que je l'ai... Elle me booste, elle me pousse en avant, elle m'oblige à bouger. Sans elle, je serais, encore dans mes courbes et mes équations, c'est sûr... Sans elle, je serais dans une chambre de bonne à potasser de la mécanique quantique !

Il s'était tu.

— Et puis elle m'a fait deux beaux cadeaux quand même...

Sitôt la guitoune du péage franchie, j'ai enfoncé ma cassette dans l'autoradio.

Anna's song de Marvin Gaye, Goldman, *Les filles faciles*, *Burn on down* de Ben Harper, Sheila, Comme les Rois mâââââges en Galilée, Keith Jarrett, Gloria Gaynor, *I will surviiiive*, Maceo Parker, Paolo Conte, *Joe le taxi*, Ismaël Lo, Oryema, les volutes de Bashung, sa façon de dire : j'cloue des clous sur les nuages, cââârrrrrramels, bonbons et chocolats avec Dalida, Curtis Mayfield, Bruce Springsteen, The River et Hungry Heart, T'es plus jolie que jamais de Boby Lapointe, sauf le cœur, ton cœur n'a plus la chaleur que j'ai-mais et la maman des poissons et celle d'Eddy Mitchell, M'man, j'viens tout juste d'avoir mes quatorze ans... Mexicooooo roucoulé par Luis Mariano, Jeanne Moreau dans le tourbillon de la vie et le pouh pouh pi douh de Marilyn, *La javanaise* et puis J'aime les filles, Si vous êtes comme ci, téléphonez-mi, si vous êtes comme çaaaa, téléphonez-moâââââ, *Post* de Björk, Je danse le miiiiya d'I AM,

Kathleen Ferrier pour Mahler, Glenn Gould pour Bach et Rostro, les suites pour violoncelle seul, le poulailler d'Alain Souchon, son ultra moderne solitude, Alpha, Come from Heaven, la chanson douce d'Henri Salvador, celle-là même que me chantait ma maman, et qu'en suçant mon pou-ceu, j'écoutais en m'en-dor-mant, Kent, on fait c'qu'on peut avec c'qu'on a, Dalida encore, Il venait d'avoil dix-houit ans, il était bôôô comme un enfant, Bob Marley bien sûr, Marvin toujours et Ferré. Est-ce ainsi que les hommes vivent?

Plus la bande défilait, plus j'avais du mal à contenir mes larmes. Bon d'accord, je le redis, j'étais fatiguée, mais je sentais la boule qui grossissait, qui grossissait dans ma gorge.

Tout ça, c'était trop d'émotions d'un coup. Mon Simon, ma Lola, mon Vincent, mon Jalucine sur les genoux et toutes ces musiques qui m'aidaient à vivre depuis si longtemps...

Il fallait que je me mouche.

Quand la machine s'est tue, j'ai cru que ça irait mieux, mais ce salaud de Vincent s'est mis à parler dans la voiture:

« Salut Garance, bon ben j'espère que je

n'ai rien oublié... Attends, si, un petit dernier pour la route... »

C'était la reprise de l'*Alléluia* de Leonard Cohen par Jeff Buckley.

Aux premières notes de guitare, je me suis mordu les lèvres et j'ai renversé la tête en arrière pour ravaler mes larmes.

Simon m'a demandé dans le rétroviseur :

— Tu es triste ?

— Non, j'ai répondu en reniflant, je suis super heureuse.

Nous avons passé la fin du trajet en silence. À nous rembobiner le film et à songer au lendemain.

Fin de la récréation. La cloche allait sonner. En rang deux par deux.

Silence s'il vous plaît.

Silence j'ai dit !

Nous avons déposé Lola porte d'Orléans et Simon m'a raccompagnée jusqu'en bas de chez moi.

Au moment où il allait partir, j'ai posé ma main sur son bras :

— Attends, j'en ai pour deux minutes... J'ai couru chez M. Rachid.

— Tiens, je lui ai dit, en lui tendant le paquet de riz, n'oublie pas les commissions quand même...

Il a souri.

Il a gardé son bras levé longtemps et quand il a disparu au coin de la rue, je suis retournée chez mon épicier préféré acheter des croquettes et une boîte de Canigou.

*

Photocomposition *CMB* Graphic
44800 Saint-Herblain

Achevé d'imprimer en Europe (Écosse) par
Omnia Books Limited, à Glasgow en novembre 2001

Dépôt légal : novembre 2001
Numéro d'édition : 35986